催眠カノジョ
高梨伊織催眠記録
小説 上田ながの
原作・挿絵 一葉モカ（ショコラテ）
2DB
二次元ドリーム文庫

登場人物紹介

高梨《たかなし》 伊織《いおり》

お堅い性格の優等生で
学校の男子たちが憧れる美少女。
初心でエッチなことには疎いが、
催眠にかけられたことで
性感を開花させていく。

鈴木《すずき》 翔太《しょうた》

伊織のクラスメイトである
普通の少年。
催眠アプリを手に入れたことで、
密かに想い続けていた伊織に
悪戯を仕掛ける。

序章　高嶺の花

(──高梨《たかなし》さん、やっぱり凄く綺麗だ)

休み時間、鈴木翔太《すずきしょうた》は自分の席に座り、窓の外を眺めているクラスメイトの女子──高梨伊織《いおり》の姿を見つめていた。

腰まで届く艶やかな黒髪に、切れ長の目が印象的なクラスメイト。顔立ちはテレビで見るどんなアイドルや女優よりも整っていると思う。それにスタイルも抜群だ。制服の上からでもハッキリと分かるほどに胸は大きく、腰はキュッと引き締まっている。スカートから覗き見えるムチッとした太股も健康的だ。

それでいて、勉強だってとてもできる。この間のテストは体調不良だったらしくて、普段と比べると落ちていたものの、基本的には学年一位。それが彼女の定位置だ。

容姿端麗、成績優秀──いわゆる高嶺の花的存在。それが高梨伊織である。

当然男子達からの人気も高い。クラスメイト達、いや、学年中の男子達が彼女のことを狙っている。

(俺だってそうだ)

入学式の日、初めて伊織を見たあの時から、ずっと見てきた。

（一目惚《ぼ》れなんて漫画やドラマの中だけの話だと思ってきたけど……）

そんなことはなかった。

（高梨さんを恋人にできたら……）

どんなに幸せだろう？

伊織の横顔を見つめながら、彼女と並んで街を歩く自分の姿を想像する。彼女と手を繋ぎ、他愛ない話をしながら笑い合うことを考える。いや、それだけじゃない。彼女とキスをして、更には身体を重ねるなんてことだって……。


『挿《い》入れて……奥まで』

掌に収まりきらない程大きな乳房を剥《む》き出しにした伊織が、潤んだ瞳でこちらを見つめてくる。捲《まく》れたスカート、露わになった秘部が視界に飛び込んでくる。薄い陰毛に隠された花弁が淫靡《いんび》に花開いているのが分かった。

そんな彼女の姿にゴクッと息を呑みながら、肉棒を剥き出しにする。露わになったペニスは、自分でも驚いてしまうほどにガチガチに勃起《ぼっき》していた。パンパンになった亀頭は、まだ何もしていないというのに今にも射精してしまいそうな程である。

『行くよ、伊織』

高梨さん——ではない。伊織と名を呼びながら、グチュリッと花弁に肉棒を密着させると、躊躇《ちゅうちょ》なく腰を突き出し、蜜壺にズブズブとペニスを挿入していった。

『あっ、んんん！　来た。大きいの……鈴木くん――翔太のが、挿入《はい》ってくるぅ』

途端に伊織の表情がグニャリッと愉悦に歪んでいく。同時に肉壺がキュウウッと収縮し、きつくペニスに絡みついてきた。襞の一枚一枚が肉茎を締めつけてくる。子宮口が亀頭に吸い付いてくるのがはっきりと理解できた。射精してと膣そのものが訴えてきているような快感が走る。

『伊織、気持ちいい』

『私も……んんん、翔太……私も気持ちいいよ』

普段、あまり感情を表に出すことがない伊織の表情が心地良さそうに歪んでいた。

自分がこんな表情をさせているのだ――そう考えると喜びと愛おしさが膨れ上がってくる。もっと伊織を感じたいという想いも……。

隠すことなくわき上がってきた感情を伝えるように、ゆっくり伊織の唇にキスをした。

『んっふ、ふちゅっ……んちゅうう』

柔らかく温かな口唇《こうしん》の感触が伝わってくる。唇を感じているだけだというのに、自分のすべてが蕩《とろ》けてしまいそうな程に心地良かった。もっとこの感触を堪能したいと思う。

そうした感情の赴くままに舌を挿し込み、伊織の口内をかき混ぜた。グチュグチュという淫猥《いんわい》な音色を響き渡らせる。

『はっふ、んちゅっ……ふちゅぅ……ちゅっれろ、ふちゅれろぉ』

そんなキスに応えるように、伊織も舌に舌を絡ませてくれた。二人で互いの唇を貪り合う。口付けだけで射精してしまいそうな程の昂《たかぶ》りを感じた。

わき上がる興奮を胸に抱きながら、唇を離す。ツプッと口唇と口唇の間に唾液の糸が伸びる様が艶《なま》めかしかった。

『はぁあぁ……伊織、好きだよ』

口付けで伝えるだけでは足りないと思ってしまう。素直な気持ちを口にした。

その言葉に伊織も優しく微笑んでくれる。

だが、微笑みは一瞬だった。

伊織の表情が一変する。

唐突に怯《おび》えるような顔をしたかと思うと――

『なんで？　どうしてこんなことをするの？』

などという拒絶の言葉を口にしてきた。


「――ッッ!!」

そこまで想像したところで正気に戻る。

(俺……何を考えてるんだ)

昼間、しかも教室で考えるようなことではない。

（くそっ）

妄想を振り払うように一度首を横に振った上で、改めて伊織を見た。

（――え？）

そこで気付いた。

伊織が自分を見ていることに……。

しかもその表情は、先程妄想した時のように、頬を赤く染め、瞳を潤ませるというものだった。普段のどこかお堅い彼女とは思えない程に女を感じさせる顔……。

（って、駄目だっ！）

変なことを考えてはいけない。それはきっと勘違いだから……。

慌てて彼女から視線を外す。誤魔化すようにスマホを取り出すと、ディスプレイに視線を落とした。

（ん？　これ、なんだ？）

そこで気付いた。スマホに見覚えがないアプリが入っていることに……。

アプリの名前は――

「催眠……アプリ？」

一章　催眠アプリ

(なんだこれ?)

部屋のベッドで寝転がりながら、なにか面白いものはないかとスマホを弄《いじ》っている途中で、鈴木はそのアプリを見つけた。

(……催眠アプリ?)

首を傾《かし》げながら、アプリの説明文を確認する。

『このアプリを起動し、催眠をかけたい相手に画面を見せればそれだけで催眠完了! どんな相手も貴方の思い通りに!!』

あまりに胡散臭すぎる内容だ。思わず噴き出してしまう。

(ちょっとダウンロードしてみるか。なんか面白そうだし)

こんなアプリ偽物に決まってるだろうけど、ネタくらいにはなりそうだ——なんてことを考えながら、鈴木はアプリをインストールした。

それから数日が過ぎたけれど、まだアプリを起動してはいない。使う機会がないし、使いたい相手もなかなか思い浮かばなかったからだ。

ただ、使ってみたいという思いは日に日に大きくなってきていた。

どうせネタアプリだってことは分かっている。だというのに、ずっとアプリを気にしている自分がいる。教室の自分の机に座ってスマホ画面をボーッと眺めながら、思わず苦笑してしまった。

「……くん。鈴木くん」

「――え？」

そこで自分の名前が呼ばれていることに気付く。鈴の音みたいな綺麗な声だ。

ハッとして顔を上げる。すると机の前には制服に身を包んだ高梨伊織が立っていた。切れ長の瞳でジッとこちらを見つめている。

相変わらず綺麗な顔立ちだ。彼女に見られていると考えると、それだけでなんだか心臓がドキドキしてしまう。顔も熱くなってきた。

「高梨さん……何？」

そうした動揺を必死に押し隠しつつ、話しかけてきた理由を尋ねる。

「何じゃないです。クラスアンケートの紙、提出してないの鈴木くんだけですよ」

「へ？　あ……ああ」

思い出した。確かにそんなものがあったことを。机の引き出しからプリントを取り出す。

だが、何も記入されていない。白紙だ。それに気付いた伊織が少しだけ肩を竦《すく》める。

「ごめん。まだ記入してない。後で持っていくよ。放課後は部室？」

「いえ、今日は資料室にいます」

「了解」

何げないやり取りをしつつ、チラッと横目で改めて伊織の顔立ちを確認する。やはり綺麗で可愛らしい。それに身体付きも他の女子達とは比べものにならないくらいに女性を感じさせる。制服の上からでもハッキリそれが分かるくらいだ。グラビアモデル並といっても過言ではないだろう。

（もし、高梨さんに催眠が効いたら、彼女を好き勝手できるのかな？）

自然とそんなことを考えてしまう。

クラス中、いや、学校中の男子が狙っている高梨伊織が自分の前で服を脱ぐ姿を妄想してしまう。

シミ一つない白い肌。プクッと膨れ上がった桜色の乳輪。上気した頬に、潤んだ瞳。クラスメイトの女子ではなく、ありのままの女としての姿……。

想像するだけで身体が熱くなり、ムクムクとズボンの中でペニスが大きく膨れ上がりそうになってしまう。

「鈴木くん、どうかしました？」

「——へ？　あ、なんでもない。なんでもないよ」

誤魔化し笑いを浮かべてみせた。

エッチな姿を妄想していたなんて本人には絶対気付かれるわけにはいかない。

（ホント、何妄想してるんだよ）

自分自身を叱り付けた。

あのアプリを入れてからなんだか落ち着かない。あんなの本物のはずがないのにな。

「……なんでもないならそれでいいです。放課後、お願いしますね」

それ以上伊織は追及してくることもなく、鈴木から離れていった。

そんな彼女の後ろ姿を見つめながら「はぁ……」とため息をつきつつ、白紙のアンケート用紙に目を落とした。


――放課後。

資料室にやって来た。その名の通り幾つもの資料が置かれているだけの部屋だ。人気はない。今、ここにいるのは鈴木と伊織だけである。

「えっと、書いてきた」

「はい、確かに受け取りました」

伊織が用紙に視線を落とす。

「……問題はないですね。次からは早めにお願いしますね」

それだけ言うと、伊織は興味なさそうに鈴木から視線を外した。このまま鈴木がすぐに資料室から出ていくと思っているのだろう。実際これ以上の用事はない。

(でも、それだけじゃ……。折角二人きりなんだし、何か話をしたい。話題とかないか？　なにか……えっと……)

憧れの伊織と二人きりだ。もっと一緒にいたい。話をしたい。

「えっと、た、高梨さんっ！」

自然と彼女の名を呼んでいた。

「なんですか？」

「何って……その、あの……」

まだ話す内容も決まってないのに彼女を呼んでしまった。早く話す内容を考えなければならない。

「高梨さんは催眠って信じる⁉」

迷いに迷った末、口をついたのはそんな言葉だった。

「……？」

伊織は不思議そうな表情を浮かべる。言葉の意味がよく分かっていない様子だ。

「あ、いや、えっと……一昨日テレビでやってて、芸人が操られて踊ったりしてたんだ。なんかそれが面白そうで、俺もやってみたいなって」

言い訳するみたいに、普段より遥かに早口で告げる。本当はなかった番組まで捏造してしまった。嘘だと気付かれたら軽蔑とかされてしまうだろうか？　少し怖い。

「……やってみるってどうやって？」

だが、こちらの嘘に伊織は気付いていないようだった。ホッとする。

「そういうのは馬鹿馬鹿しいって思います。現実逃避っていうか──私は信じないですね」

淡々と告げてきた。

馬鹿馬鹿しい──確かにその通りだ。催眠なんて本当にあるとは思えない。

けれど──

「……じゃあ、試してみよう」

ポケットからスマホを取り出した。アプリを起動して、映し出された画面を伊織に見せる。

「え……？」

チラッとその画面に伊織が視線を落とした。

すると次の瞬間、伊織はすとんっとこの場に座り込んだ。まるで身体中から力が抜けてしまったみたいに……。

「──え？　た、高梨さん？」

唐突な出来事に鈴木も戸惑ってしまう。予想外の反応だったからだ。なんだか心配になり、慌てて伊織を呼ぶ。だが、座り込んだ伊織からの反応はない。

「どうしたの？」

伊織の顔を覗き込んだ。

いつもとあまり変わらない、感情を人に読ませないような表情をしている。だが、表情は普段通りだけれど、その目付きは明らかに通常とは異なっていた。目が虚《うつ》ろなのだ。開いてはいるものの、何も映っていないような目付きと言うべきだろうか？　なんというか、まるで催眠術にでもかかっているかのような……。

（これ、もしかして効いてるってこと？）

思わずゴクッと唾を飲んでしまう。

（もし本当に催眠にかかっているんだとしたら、なんでも命令聞いてくれるってことなのかな？　だとしたら……）

欲望が膨れ上がってくる。

（って、そんなの駄目だろ。駄目に決まってる）

しかし、理性はまだ残っていた。膨れ上がる想いのままに伊織に命令するなんてあってはいけない。伊織が可哀想だ。

（でも、だけど……高梨さんに色々できる機会なんてきっと……）

今を逃せばあり得ないだろう。

相手は高梨伊織、学園の高嶺の花だ。それに対して鈴木はいわゆる陰キャと言っていい存在である。自分と伊織が交わることなんて、金輪際あり得ないだろう。だとしたら、この機会を逃す手はない。

「えっと、その……高梨さん」

覚悟を決める。

なんだかとても喉が渇くのでもう一度唾を飲みつつ――

「し、下着を見せて……」

もし伊織が正気だったら、先生とかに何を言われてしまっても仕方がない、最低と言っても過言ではない言葉を口にした。

それに対し伊織は――

「こうですか？」

素直に従った。

制服のボタンを一つ一つ外し、黒いレース製のブラジャーを露わにする。それと共にスカートを捲り上げると、履いているストッキングとその下に隠された、やはり黒いショーツを見せつけてくれた。

(お、おおおおっ‼)

あの高梨伊織が下着姿になっている。それも、かなり大人っぽい下着だ。思わず瞳を見開いて見入ってしまう。

深い胸の谷間や、ショーツのクロッチ部分を視線で撫で回した。

想像していた以上に肌は白い。呼吸に合わせて胸が上下する有様がとても艶《なま》めかしい。見ているだけで射精してしまいそうなほどの興奮を覚えてしまう姿だった。

（でも、もっと……他のことも……）

下着姿だけでは満足できない。よりイヤらしい姿を見てみたいという想いがどうしようもないほどに膨れ上がってくる。

「その……お、オナニーを見せて」

本能には逆らえない。想いのままに新たな命令を下した。

「…………………」

だが、伊織は動かない。黙りこくったままだ。

（やばかったか？　やっぱり効いてない？）

血の気が引いていく。

しかし、そうではなかった。

「自慰は……したことがないので」

伊織が告げてきたのは意外としか言いようがない言葉だった。

（え？　嘘だろ、高校生だぞ？　知らないなんてそんなこと……。いや、けど、真面目で勉強にしか興味がなければあり得るのか。だったら、それなら……）

それならどうする？

見つめる。伊織のムチムチとした女を感じさせる肢体を……。

（俺が……俺が……俺が……やるっ）

見ているだけなんて我慢できない。

「俺が教えてやるよ。オナニーのやり方を」

別に鈴木自身だって女のオナニーなんてよく知らない。しかし、年頃男子の嗜《たしな》みとして色々エッチな情報は仕入れている。

緊張しつつゆっくりと伊織の背後に回り込むと、まずはブラジャーの上から乳房を鷲掴みにした。

「んっ」

途端に伊織はヒクンッと肢体を震わせた。

掌に柔らかな感触が伝わってくる。大きなマシュマロを掴んでいるかのような感覚とでも言うべきだろうか？　触り心地はとても気持ちがいい。想像以上だと言っていいだろう。

（高梨っ!!）

もっとこの感触を味わいたいという思いが膨れ上がる。それに逆らうことなく、捏ねくり回すように、本能のままに乳房を揉んだ。

「はっふ、んっ……くっ……んっんっんっ」

それに合わせて伊織の身体がヒクヒク震える。まるで微弱な電気でも流されているみたいな反応だ。もしかして感じているのだろうか？

「これ、気持ちいい？」

「……分からないです。ただ、ちょっと、くすぐったい……かも」

問いかけには素直に答えてくれる。胸を弄られていることに対する抵抗感はないようだ。完全に催眠状態にあると言っていいだろう。

「そっか、分かんないか。だったら、それなら……」

感じさせたい。自分の手で伊織に快感を刻みたい——止め処なく欲望がわき上がってくる。そうした感情に抗《あらが》うことなく、想いのままにブラを下にずらした。

途端にブルンッと弾けるように伊織の乳房が露わになった。丸みを帯びた、掌には収まりきりそうにないほど大きな胸だ。白い乳房。そこに彩りを添えるように、乳輪部分は綺麗なピンク色をしている。まるで桜のように美しい。

(これが高梨伊織の胸……)

想像していた以上に美しくて、イヤらしい。

「俺が快感を教えてあげるね」

伊織の耳元で囁《ささや》きつつ、今度は直接胸を揉んだ。

「んっ、あっ」

少し甘味を含んだ悲鳴を伊織が漏らす。普段の姿からは想像もできないほど女を感じさせる声だ。耳にするだけでこちらまで達しそうな昂りを感じてしまう。

「高梨！　高梨っ!!」

より欲望が膨張するのを感じながら、本能のままに乳房を揉んだ。指の一本一本を柔肉に食い込ませる。すると乳房はそれだけで簡単に形を変えた。それほどまでに柔らかい胸を、ほぐすように刺激し続ける。

やがて愛撫に反応するように、ムクムクと乳首が勃起を始めた。ツンッと立ったピンク色の乳頭を弄りたくなってくる。親指と人差し指で、それをキュッと摘まんだ。

「……っ！　ふあぁっ！」

更に伊織の声が大きくなる。ビクンッとこれまで以上に身体が震えた。同時に肢体がなんだか熱く火照り始める。じんわりとだけれど、伊織の肌が汗で濡れ始めるのが分かった。

「感じてるでしょ？」

もう一度尋ねる。

「ジンジンしてる。感じてるかは……分からない。でも、嫌な感じじゃない、です……」

「そっか、なら、もっと、もっと気持ちよくしてやるから」

感じてる。伊織が自分の手で……。

そのことに堪らないほどの喜びを感じながら、更に乳房を刺激していく。勃起した乳首を扱くように愛撫したり、時には指先で乳輪をなぞったりもしてみせた。指の一本一本で乳房をギュウウッと搾っていく。

「はふぅう……んっふ……はぁああ……はぁ、はぁ、はぁああああ……」

愛撫なんてするのは初めてのことだ。正直これで正解なのかは鈴木にも分からない。しかし、伊織の身体は敏感なのか、初めての愛撫でも十分すぎるほどに性感を覚えている様子だった。愛撫の激しさに比例するように、どんどん伊織の吐息は荒いものに変わっていく。白い肌も桃色に上気していった。

その上、どこか切なそうに腰を振ったりもして見せてくる。

「もじもじ動いて、どうしたの？」

なんで腰を振っているのか？　その理由を伊織自身の口から聞きたかった。

「分からない。どうなってるのか……んふぅう……はぁはぁ……自分でも分からないです。でも、なんだかとても……切なくて、もどかしいの」

「もどかしい？　それってどういうこと？」

意味まで聞きたい。

「……多分、触って欲しいんだと……思う」

催眠下にある伊織はどこまでも素直だった。

「そっか……それなら……」

下腹部に手を伸ばす。黒いストッキングの中に手を差し込むと、ショーツの上から秘部に触れた。

「あっ！　はぁああ！」

途端にグチュッという湿った感触が指先に伝わってきた。伊織は背筋を反らして甘い悲鳴を漏らす。

「これ……濡れてる」

指先に伝わってくるのは生温かくヌルついた感触だ。女子をこんな風に愛撫するのは初めてのことだけれど、感触の正体が愛液だということはすぐに理解することができた。自分の愛撫で伊織が興奮し、感じている証拠だ。

そのことに喜びと、より強い興奮を覚えてしまう。

当然触るだけで満足などできはしない。

これまで見てきたエッチな漫画や動画などの知識を総動員して、指を動かし始める。ショーツのクロッチ部分をグッチュグッチュグッチュと何度も上下に擦った。

「あっ！　やっ！　あっく、んくっ！　あっは、はぁああ……あっあっあっ」

喘ぎがより大きなものに変わる。指で押し込むように秘部を刺激すると、まるで押し出されるかのようにより多量の愛液がジュワアアッと溢《あふ》れ出してくるのが分かった。

「感じてる？　気持ちよくなってるなら、気持ちいいって言葉で教えて」

「あっんっ、はふぅう！　い、いいっ！　気持ち……いいっ」

どこまでも素直だ。

「もっと気持ちよくして欲しい？」

「あ、して……欲しい」

「どうやってして欲しい？」

「どうって……それは……その……」

愉悦に震えつつ、少し考えるような素振りを見せた後――

「直接……はふっ……あそこ……直接弄って……欲しい……」

やはり躊躇《ためら》うことなく自身の欲望を伊織は教えてくれた。まるで恋人におねだりするみたいに……。

「高梨いっ！」

ショーツを横にずらす。今度は直接花弁に触れた。

クパッと僅《わず》かに開いたワレメ。そこから覗き見える幾重にも重なったヒダヒダに指を這《は》わせる。ショーツの上から感じた以上の温かさが伝わってきた。温かいと言うよりも、熱いと言った方が良さそうなくらいに火照っている。指に絡みついてくるような肉襞《にくひだ》の感触がなんだかとても艶めかしかった。

　そのことに頭がおかしくなってしまいそうなほどの興奮を感じつつ、指を蠢かせる。花弁の一枚一枚をなぞるように、指で擦り上げていった。いや、ただ擦るだけではない。時には膣口《ちつこう》に指先をグチュッと挿入し、ジュボジュボと抽挿させたりもする。更には勃起を始めている陰核《いんかく》を指で摘まむと、シコシコ扱くように刺激を加えたりもしてみせた。

「あっあっあっ！　すっご、凄い！　いい。気持ちいい！　初めて……こんなの初めて！　あああ、あぁあああ！」

　言葉で教えてという先程の命令はまだ効いているらしい。快感を素直に口に出してくる。表情もトロンと蕩けるようなものに変わっていった。開いた口からタラッと唾液まで零れているのが分かる。

　女の顔。牝の顔だ。

（ヤバい……ヤバいっ）

　肉棒がガチガチに硬くなっていくのが分かる。

（あの高梨伊織が、憧れだった彼女が……俺の指で感じてるっ!!）

　妄想だけでしか見たことがない光景、それが現実のものとなっている。自分は夢でも見ているのではないかとさえ思ってしまうほどだ。

　しかし、紛《まぎ》れもなくこれは現実だ。より溢れ出し、指に絡んでくる愛液がそれを教えてくれている。

（もっと、もっともっと！　もっとっ!!）

快感を刻む。初めての快感を自分が伊織に……。

改めて指を膣に挿入すると、ジュボッジュボッジュボッと肉壺をかき混ぜるように刺激を加えた。同時に空いた手で乳房も揉む。最初にした時以上の力で乳首を摘まむと、押し込んだり、引っ張ったりしてみせた。

「はぁああ！　ひっ！　んっ！　やっ……これ、駄目！　あっあっあっ！　何か……来る！　これ、来ちゃう！　なにこれ？　こんなの……初めて！　こんな感覚……私、知らないっ！　あああ、んぁああ！」

余程愛撫が心地良かったのか、ついに伊織が限界を訴えてきた。

「来る？　違うよ。それはイクっていうんだ」

「い……イク？」

「そう、イク時はイクって……俺に教えてね」

「わ、分かった……分かったぁああ」

頷きながら、まるでこちらの愛撫に合わせるようにして、伊織は腰を自分からも振り始めた。より強い快感を求めるような動きだ。それほどの昂りと快感を伊織が感じてくれていることに喜びを覚える。

（イかせる。俺が高梨さんをイカせるんだ！　イケッ！　イケぇえっ！）

より膣奥《ちつおく》へ指を挿入《い》れると共に、グリッと膣道《ちつどう》の上側を押し込むように刺激を加えた。

「あっ！　それっ！　やっ！　い、イクっ！　はぁあぁ！　鈴木くん……私、それ……それぇええっ！」

「いいよ、イクんだっ！」

乳首も強く摘まむ。

「あっ！　はぁあぁ！　あっあっあっあっ――はぁあぁあぁあ」

刹那《せつな》、伊織は絶頂に至った。

差し込んだ指を膣壁《ちつへき》がギュウウウッとキツく締めつけてくる。それと共にブシュウウッと秘部からは愛液が飛び散り、ストッキングに染みができた。ビクビクビクッとこれまで以上に肢体も痙攣《けいれん》する。

「はぁあぁ……あっは……はぁあぁあ……はぁーはぁーはぁあぁあぁ」

トロンと瞳が蕩けた。口も半開きだ。何度も熱い吐息を漏らす。絶頂後の気怠《けだる》さに溺れているような、艶《あで》やかな姿だった。

「……気持ちよかった？」

ゆっくりと秘部に添えていた手を離すと共に尋ねる。

「……凄く……よかったぁ……」

コクンッと頷いてくれる。

その姿がとても可愛らしく見えた。伊織に対する愛おしさが溢れ出してくる。思わず半開きになった伊織の唇に、鈴木は自身の唇を寄せていった。

けれど、唇と唇が触れ合う直前で鈴木は動きを止めた。

（いいのか？　こんなことでキスして……）

キスっていうのは互いを想い合う恋人同士がすることだ。

（俺は高梨さんが好きだ）

ずっと憧れてきた。恋人にしたいと思ってきた。だが、伊織は違う。伊織にとって鈴木は単なるクラスメイトでしかない。友達ですらないのだ。キスをするなんて絶対にあり得ない。奪っていいのか？　そんな感情がわき上がってくる。

（問題はない。だって、高梨さんは催眠にかかってる。催眠にかかってる間の記憶は、確か残らないはずだ）

アプリの説明に書いてあった。

だからキスをしても大丈夫。

気にせずしても……。

と、本能が何度も伝えてきたけれど、なんだかとても強い罪悪感を覚えてしまい、結局それ以上唇を寄せるようなことはしなかった。

そのせいか、更なる行為――セックスをしたい、という気持ちも萎んでしまう。

ゆっくりと伊織を床に寝かせた。そのまま逃げるようにこの場から立ち去ろうとする。

しかし、横になった状態で「はぁはぁ」と息を吐く伊織から視線を離すことができない。

もっと伊織のエッチな姿を見たいという欲望をどうしても抱いてしまう。

だからだろうか？

「――折角オナニーを覚えたんだ。今日から家でもしてみたらいいよ」

気がついたらそんな言葉を口にしている自分がいた。

＊

「ん……んんん……んんっ？」

ゆっくりと伊織は目を開く。

全身がなんだかとても気怠かった。

「なに？　えっと……どこ？」

視界に入ってきたのは見慣れない光景だ。棚が並び、そこには幾つものファイルが並べられている。

「あ……資料室」

そう、ここは資料室だ。

「なんで？　私、こんなところで寝て？」

首を傾げながら、自分の行動を思い出そうとする。

しかし、何故か頭の中に靄《もや》がかかったような感覚になり、自分が何をしていたのか思い出すことはできなかった。

ふと、時計を見える。

「あ、もうこんな時間っ！」

完全下校時間はとっくに過ぎてしまっていた。

慌てて立ち上がる。

「――え？」

そこで気付いた。股間部分がなんだか湿っていることに……。

思わず手をスカートの中に入れ、自分の秘部に触れる。途端にグチュッと濡れた感触が伝わってきた。

（嘘……これ、お漏らし？）

寝ている間に失禁してしまったのだろうか？　慌てて床を見る。だが、水溜まりができているというようなことはなかった。そのことに少しだけホッとしつつも（でも、私……恥ずかしい……）強烈《きょうれつ》な羞恥を覚え、伊織は逃げ出すように資料室を飛び出すのだった。

二章　彼女との初体験

(何かおかしい)

資料室での失態から数日——あの日以来、伊織は自分の身体に違和感を覚えるようになっていた。

なんというか、身体が、特に下腹部が熱くなってしまう。ジンジンと疼《うず》くような感覚とでも言うべきだろうか？　もどかしさのようなものを感じるのだ。お陰で最近全然勉強に身が入らなくなってしまっている。

(駄目。こんな感覚に流されちゃ)

頭の中ではそう思っている。勉強に意識を向けることで、覚えてしまう感覚を誤魔化そうともした。けれど、駄目なのだ。もぞもぞと太股同士を擦り合わせ、腰を振るような動きをしてしまう。それでも、もどかしさを消すことはできない。触りたい。あそこに触れたいという想いが、どうしようもないほどに膨れ上がってしまうのだ。

(いけないことよ。変なことをしちゃ駄目)

そんなことを考えつつも、勉強する手を止めてしまう。自分の下半身——秘部に手を伸ばしてしまう。スカートを捲り、白いショーツを露わにすると、指を這わせた。

グチュッ……。

「あっ」

途端に湿った感触が伝わってきた。下着に染みができてしまっている。あそこは間違いなく濡れてしまっていた。あの日のように……。

（なんでこんな……）

自分の身体とは思えない。何か異変が起きているとしか考えられない。怖いという感情さえ抱いてしまう。

だが、恐怖を覚えつつも、添えた指を下着のクロッチから離すことができない。それどころか秘部を圧迫するように指を押し込んでしまう。

「んっふ……はっ……ぁっ、はぁあああ……」

（これ、気持ちいい）

途端に、快感としか言いようがない甘い感覚が全身を駆け抜けていった。心地良さにビクンッと肢体を震わせてしまう。

（も、もっと……）

押し込むだけでは物足りない。もっともっと強い刺激が欲しかった。

劣情に逆らうことはできない。

ぐちゅ、ぐちゅう、ぐっちゅぐっちゅぐっちゅ……。

「んっふ、はふぅう……はぁっはぁっはぁっはぁっ」

指を動かしてしまう。ショーツの上からワレメをなぞるように、何度も細指で擦り上げた。そのたびに淫靡な水音が響き渡る。愛撫に比例するように、秘部から溢れ出す愛液の量も増えていった。指がグチョグチョに濡れる。それと共に自分でも分かるほど濃厚な女の発情臭が室内中に広がっていった。

噎せ返りそうな生々しい匂い。自分の体臭とは思えないほどどこか淫猥な香りだ。嗅いでいるだけでより身体が熱くなってしまう。更に強い快感が欲しいと想ってしまう。

そうした本能に流されるように、ショーツを脱ぎ捨て、ぱっくりと淫靡に咲く肉花弁を露わにした。

今度は直接柔肉に指を這わせる。

「あっ……んんんんっ」

これまで以上の性感が走った。一瞬視界が白く染まる。

(凄くいい)

少し前までは知らなかった快感だ。全身が蕩けるような感覚が堪らなく心地いい。

(もっと……気持ちよく)

わき上がる性感のまま、指先を膣口に挿入した。そのまま抽挿を開始する。ジュブッジュブッジュブッと蜜壺をかき混ぜるように刺激し始めた。

その上で身に着けていたブラウスのボタンを外し、ブラジャーを脱ぎ捨てると、秘部を弄る手とは反対の手で、自身の乳房まで揉み始める。捏ねくり回すように胸を刺激しつつ、ピンク色の乳首を指で摘まみ、シコシコ扱くように刺激を加えた。

「はふぅう……んんっ、あっは、はぁああ」

愛撫の激しさに比例するように、愉悦もどんどん大きくなってくる。

（これ、凄い……来る。凄いのが来る）

身体の中から熱いものがわき上がってくるような感覚だった。

（違う。これ、来る……じゃない。イク……私……イクんだ）

イク——その単語をどこで覚えたのかは自分でも分からない。しかし、この感覚はイクということなのだと理解できた。

（イク……あぁぁぁ……イク……イクっ！　私、わたしぃい）

これはいけないことだという罪悪感はまだ残っている。それでも自分にブレーキをかけることができない。気持ちいいというのもあるし、どうしてかこれはしなければならないことだと思ってしまう自分もいたからだ。

愛撫を続ける。

膣壁を指でなぞり、乳首を指で強く抓るように刺激した。

「あっ！　んぁああ！　あっあっあっ——はぁあああ」

（イクっ！　あっあっ、私……イクっ！　イックぅ……イクのぉお！）

性感が爆発する。

背筋を反らしつつ。これまで以上に深くまで指を挿し込みながら、全身をビクつかせた。

全身が弛緩してしまいそうなほどに心地いい。

「あっは……はぁあああ……」

（これ、凄く……本当に……気持ち……いい……）

床に染みができるほどの愛液を分泌させながら、絶頂後の虚脱感に身を任せるように、クタリッと自身の身体を横たえる伊織なのだった。


（何か……変）

違和感は、家だけではなく学校でも続いていた。

（身体が敏感になってる気がする。服が擦れるような感覚まで、なんだか……）

「は……あ、はぁああ……」

休み時間——廊下を歩いているだけで、身体中が熱くなり始めてしまう。

（これ、絶対下着の中……濡れちゃってる）

ジュワリッと秘部から愛液が溢れ出そうとしていることを、はっきりと理解できた。

（私……どうしたんだろう？）

何かの病気にでもかかってしまったのだろうか？

（学校でなんて絶対駄目なのに……）

自分で自分が怖くなってしまう。

（考えちゃ駄目。変なことは考えないの……）

必死に言い聞かせる。

しかし、意識すればするほど、より身体は熱くなり、秘部からは更に多量の愛液がトロトロと溢れ、下着に染みを作ってしまう。

「は……あはぁあぁ……」

自然と熱い吐息が漏れ出てしまった。

「高梨さん」

声をかけられたのはそんな時のことだった。

「──はい？」

振り返る。

するとそこにはクラスメイトの鈴木が立っていた。

「鈴木くん……なんですか？」

「何って……その、今日は咥《くわ》えてもらおうと思ってさ」

鈴木が笑う。

「咥える？」

一体何を——と首を傾げる。

「こっちに来て」

そんな伊織の手を鈴木が掴んできた。そのまま引っ張られる。連れていかれた先は、あの資料室だった。

「一体なんです？　どうしてこんなところに？」

「どうしてって……だからさ、咥えてもらうためだよ……これをね」

そう言うと鈴木はズボンを脱ぎ捨てた。途端にビョンッと跳《は》ね上がるような勢いで、勃起した肉棒が露わになる。

長さは二〇センチほどはあるだろうか？　肉茎には幾本もの血管が浮かび上がり、亀頭部は今にも破裂しそうなほどにパンパンに膨張していた。とても生々しい逸物《いちもつ》だ。見ているだけでも恐怖を感じてしまう。

こんなものをいきなり学校で見せつけられるなどあり得ない。あってはならないことだ。

だが——

「あ……はい。分かりました」

気がつけば頷いている自分がいた。言われた通りこれを咥えなければならない——疑問を抱くことなく、伊織はそう思ってしまっていた。

＊

「んっちゅ、ふちゅぅう」

伊織がペニスに口付けしてくる。

「うっ！　あぁぁ」

柔らかな唇の感触が亀頭に伝わってきた。それだけで鈴木は肉棒をビクビク震わせ、歓喜の吐息を漏らしてしまう。

(廊下を歩いている高梨さんの顔……凄くイヤらしかった。だから我慢できなくて咥えてなんて命令しちゃったけど……正解だったな)

そんなことを考えながら、自分の前に跪《ひざまず》いている伊織を見る。

「んちゅう……ちゅっちゅっちゅっ……ふちゅう」

まるで恋人とキスするかのように、何度も何度も愛おしそうに亀頭に口付けしてくれる。

その姿だけで射精してしまいそうなほどの昂りを感じた。けれど、わき上がってくる射精衝動を必死に抑え込む。簡単に射精してしまってはあまりにもったいない。

「そのまま舐めて……」

キスだけでは足りない。もっと淫靡な奉仕をして欲しい。

「うん……んっちゅろ……ふちゅれろ……んれろぉ……れろっれろっれろぉ」

素直に命令に従ってくれる。

舌を伸ばし、ペロペロとまるでアイスでも舐めるかのように亀頭を舐ってくれた。少しだけざらついた舌の感触に心地良さを覚え、自然と腰が震えてしまう。ジュワリッと肉先からは先走り汁が溢れ出した。

「汁も舐めて……。汁を舐めながら、俺の全部を高梨さんの唾液塗《まみ》れに変えて」

「……こふ？　んれっろ、ちゅれっろ……ちゅるる、んちゅれろぉ」

躊躇することなく半透明のカウパー液を舌で搦《から》め捕ってくれる。それと共に亀頭部を舐めるだけではなく、肉棒全体にも舌を這わせてくれた。カリ首を舌先でなぞり、裏筋を幾度も幾度も舐め上げたりなんてことだって……。更には陰嚢《いんのう》まで転がすように舌で刺激してくれた。

愛撫一つ一つが心地いい。肉棒はより膨張していく。

(足りない。舐められるだけじゃ全然……)

それでもなお、満足できない。もっと淫靡に攻めて欲しいと考えてしまう。

「今度は咥えて。高梨さんの口全部を使って、俺のを扱いてよ」

「……分かった。んっも、もっ……もっもっもっ……んもぉおお」

今にも顎《あご》が外れてしまうのではないかと思うほどに小さな口を限界まで開き、伊織はペニスを咥え込んでくれた。

「くあぁあ……すっげ」

温かな口腔《こうこう》に肉棒全部が包み込まれる。伊織の口の中に自分のすべてが溶けてしまうような、そんな感覚だった。

「そのまま……顔を振って……擦って」

「んっじゅ……ふじゅうっ……。んじゅっぽ……じゅぼぉ……。じゅぼっじゅぼっじゅぼっ……むじゅぼぉお」

催眠下にある伊織はどこまでも素直に従ってくれる。根元から肉先までを余すことなく、口端から唾液が零れ落ちることも気にすることなく、口腔全体で扱き上げてくれた。

「ふー。ふー。んふぅうう」

鼻から吐息を漏らしながら、限界まで口を開け、自分のものを咥えている伊織の姿。普段の生真面目な様子からは想像もできないほどにイヤらしい。

(高梨さんのこんな姿を見られるのは俺だけ……)

考えるだけで射精衝動はどんどん膨れ上がっていく。

「高梨さん……気持ちいいよ。そのまま続けて。扱いたり、俺のを吸ったりして！　でもって、弄って！　高梨さん、咥えながら自分のマ○コを弄って！」

もっと淫靡な姿を――快感に比例するように膨れ上がり続ける本能のままに命じた。

「んっじゅ……ふじゅるるぅ……じゅっちゅる、んじゅるぅ」

命令に従い、下品な音色が響いてしまうことも厭《いと》わずに、激しくペニスを啜《すす》ってくれる。

同時に伊織は自身のスカートの中に手を差し込むと、グッチュグッチュグッチュと己の秘部を指で擦り上げ始めた。

「はっふ……んふぅう……んっんっんっ……んあっ……あっは、はふぁああ」

指の動きに合わせて喘ぎ声まで漏らし始める。

「くうう……気持ちいい？　高梨さん、ちんこ咥えながらマ○コ弄るの気持ちいい？」

「う……ん」

コクッとペニスを咥えたまま伊織は頷いた。

「きもひ……いいっ……。おひんひん、咥えながら……んっちゅ……ふじゅるるるぅ……おま○こ弄るの……気持ち……いひっ」

はっきりと快感だって認めてくれる。

「あ、た、高梨さん！　高梨ぃいいっ!!」

そんな姿に堪らないほどの興奮を覚えた。ブチッと理性が切れてしまう。我慢なんかもうできない。

本能の赴くままに、自分から腰を振り始めた。ドジュッドジュッドジュッと伊織の喉奥に肉棒を何度も何度も突き入れる。

「あぶう！　んっぶ……ぼっぼっぼっ……おぼぉおおっ」

伊織の頭が玩具みたいに何度も前後に揺れた。漏らす息もどこか苦しげなものに変わる。

だが、それでも伊織は肉棒から逃れようとはしなかった。それどころか更に激しく吸い上げてくれる。まるで愛しい恋人にならば何をされても構わないとでも言うように……。

それと共に伊織は指の動きも激しいものに変えていった。ストッキングとショーツ越しに指先を膣口に挿入しているようにも見える。鈴木の突き込みに合わせて、ジュボッジュボッジュボッと指を抽挿させている様子だった。

そんな光景を見ていると、自分が伊織の秘部にペニスを突き立てているかのような気分になってくる。

「で、出る！　あああ、伊織……射精《で》るっ!!」

最早射精衝動を抑えることなど不可能だった。ドジュンッと根元まで肉槍を伊織の喉奥へと突き入れる。

「んぼぉおっ」

伊織が瞳を見開いた。

刹那、鈴木は射精を開始した。

どっびゅ！　ぶびゅうう！　どびゅっどびゅっどびゅっどびゅっ――――どびゅるるるぅ。

「んんん！　むふんんんんっ」

肉棒を脈動させながら、多量の精液を口腔へと流し込む。その射精を伊織はただただ受け止め続けてくれた。

同時に――

「い……く……んんんっ！　ふっく……んふううううっ！　んっんっんっんっ――んびゅうううううっ!!」

伊織も絶頂に至った。

ブシュ！　ブシュウウウッ!!

まるで失禁でもしているかのような勢いで秘部から愛液を噴出させる。

「くぁあああああ!!」

その有様に更に興奮を煽り立てられ、昂った感情に比例するかのように激しい射精を重ねていく。

「ンンン！　まら、れてる……んっふ……はふう！　んっんっんっ――んんんんっ」

口腔がいっぱいになるほどの精液。それを逃げることなく全部口で受け止め……。

「あはぁああ……た、高梨さん……くうううっ」

そうした姿に愛おしさを感じつつ、彼女の後頭部を押さえたまま、最後の一滴までひたすら精液を撃ち放ち続けた。

「はぁああ……よかったよ高梨さん」

やがて絶頂後の気怠さに全身が包まれる。心地良さに「ふうっ」と息を吐きながら、伊織の喉奥からペニスを引き抜いた。

「んんんっ」

必然的に伊織は精液を零しそうになる。

「零しちゃ駄目だよ」

命令を下すと、伊織は慌てた様子で頭を天井方向に向け、零れそうになる精液を留めた。

「よし。いいよ。それじゃあ、口の中を見せて」

一体伊織の口の中がどんな様子になっているのかが気になる。

「……ん、んあっ」

伊織が可愛らしい口を開き、その中にたっぷり溜まった白濁液を見せてくれた。

自分の精液で伊織の口腔が満たされている。伊織が自分の色に染まっているかのような光景だ。口内で精液が糸を引いている有様が実に艶めかしい。見ているだけでまたペニスが硬くなってしまいそうなほどに淫猥な有様だった。

「それじゃあ……飲み込んで」

「……んっ」

コクッと頷いてくれる。

「んっふ……んっんっんっ……んげっほ、げほっげほっ……んんんっ……はふぅう」

喉を上下させ、精液を嚥下《えんげ》し始めた。途中、汁が濃すぎたせいか何度も伊織は噎《む》せつつも、零すことなく、最後の一滴まで精液を飲み干してくれる。

「ご馳走……様……」

そんなことを口にする伊織の息は、少しだけ精液臭かった。

自分がそんな風に伊織を変えた――そう考えると射精直後とは思えないほどに興奮してしまう。もっともっと伊織とイヤらしいことをしたいと考えてしまう。

だが、そんな鈴木を正気に戻すかのように、休み時間の終了を告げるチャイムが鳴った。

「――と、仕方ないな。それじゃあ教室に戻ろう」

「……はい」

どこまでも素直に従ってくれる伊織と共に、資料室を後にした。

＊

(身体が……熱い……。あそこが……ジンジンしてる)

授業はもう始まっている。先生がカツカツと黒板に文字を書いている。けれど、伊織はまるで集中できずにいた。

理由は身体が火照ってしまっているからだ。特に秘部が激しく疼いている。まるで自慰を途中でやめてしまったかのような、もどかしさを伴った感覚だった。

(一体これ……なに？)

キョロキョロと周囲を見回す。伊織の席は一番後ろ、その上窓側だ。伊織のことを見ている人間は誰もいない。それを確認すると、そっとスカートを捲り、指で秘部に触れてみた。

　クチュッ……。

「んっ」

（これ……あ、やっぱり……濡れてる）

　湿った感触が伝わってくる。ショーツに、ストッキングに、愛液が染み込んでいた。

（授業中なのになんでこんな……）

　あってはならないことだ。慌てて添えた指を離そうとする。

　しかし、離せない。それどころか、無意識のうちにグチュッと秘部を押し込んでしまう。

「……ッ!!」

　途端に全身がビクビクと震えた。

（今……身体に電流が……）

　キュンキュンと秘部が疼く。ジュワッと更に愛液が溢れ出してくるのが分かった。

　指先に発情液が絡んでくるのを感じつつ、更に指を強く押し込んでしまう。いや、それどころか、グチュッグチュッとワレメをなぞるかのように指を動かし始めてしまう自分さえいた。

「はっふ……くっ……ふぅう……んっんっんっ……んふぅう」

（やだ、これ……駄目なのに……気持ちいいっ）

ただ擦るだけではない。時にはストッキングと下着の上から押し込むように陰核を刺激したりもしてしまう。

「はぁああ……はぁはぁはぁ……」

（なんで？　嘘でしょ!?　私……授業中にお、オナニーしてるの……っ？　あり得ない。そんなこと……あっちゃいけない……。止めないと、止まらないと、バレる、バレちゃう！）

授業中に自慰――誰かに気付かれてしまったら、もう学校に来ることなんかできなくなってしまう。絶対に気付かれてはならない。だからこんなことやめなければならない――と、頭の中では理解している。

（なのに……それなのに……止められない。やめられない。こんなこと……オナニーなんて、少し前まで……したことなんて……なかったのに……）

グッチュグッチュグッチュ――そんな音色が響いてしまうことも厭わず、指で秘部を弄り続けてしまう。

「くふぅう……うっふ……ふうっふうっ……んふぅう……あっは、はぁああ……」

徐々にあそこを擦り上げる速度を上げていく。時には勃起し始めてしまっているクリトリスを指で摘まむと、シコシコ扱くように刺激を加えてしまう。

そんな愛撫に比例するように淫靡な水音も大きくなっていく。

「はぁああ……ふっは……んふぁああ……はぁっはぁっはぁっ……くふううう」

吐息もどんどん熱いものに変わっていった。少しでも気を抜けば嬌声《きょうせい》さえ漏れ出てしまいかねない。変な声を出したらそれこそ気付かれてしまうだろう。

ということは分かっているのに、どうすることもできない。

指の動きに合わせて自分から腰まで振ってしまう。ギシッギシッとイスを軋《きし》ませてしまう。

（この音……これを聞いてるだけで……もっと……気持ちよく……）

自分自身が示してしまう反応や、周囲の物音、それらによってより興奮が高まっていくのを感じた。

（これ……イクっ）

当然のように絶頂感まで膨れ上がってきてしまう。

（私……イキそうになっちゃってる。でも、そんな……そんなの……）

絶頂などあり得ない。

しかし、指は止まらなかった。

どんどん愛液量は増していく。イスに汁が広がっていく。濡れたイスと尻が密着して貼り付くような感触が実に不快だった。が、そんなことにも興奮が煽り立てられてしまう。

（イクイク……私……イッちゃう。はぁああ……授業中なのにイッちゃうぅ……。駄目なのに、こんなことしいけないのに……。私……わた、しぃいいい）

意思だけではこの昂りを沈めることなんかできない。性感に流されるがままに、秘部への刺激に意識を集中させていく。

（もうイ――）

絶頂感に身を任せようとした。

「先生、高梨さんが」

刹那、前の席に座る鈴木が手をあげ、立ち上がった。

（え？　まさか……）

気付かれた？

恐怖で身体が固まる。動いていた手も流石《さすが》に止まった。

ドキドキと恐怖で心臓が高鳴る。これでもう、自分の学校生活は終わってしまうかも知れない。

しかし――

「体調悪いみたいです」

続いた言葉は恐れていたものとは違っていた。

「ん？　おお、高梨、大丈夫か？　顔が赤いな。熱があるのか？　保健室に行った方がいいな。鈴木、保健委員だったよな？　連れていってやれ」

「はい」

先生と鈴木がそんなやり取りをしている。

(バレて……なかった……)

心の底からホッとしながら、二人のやり取りをまるで他人事のように聞いた。

「高梨さん、行こう」

「え？　あ、はい」

頬を赤く染めながら、コクッと頷き、鈴木と共に教室を出た。

「大丈夫？」

廊下に出るなり、鈴木が尋ねてきた。

「は……い」

コクッと頷く。

「そっか、それじゃあ……〝いつもの場所〟に行こうか」

すると鈴木はそんな言葉を向けてきた。

いつもの場所——保健室ではないのだろうか？

と、疑問を抱いたのは一瞬だけだった。すぐに納得する。そう、いつもの場所。あそこに行くのだ。鈴木と共に……。

ごく自然にそう考えると、鈴木と共に伊織はいつもの場所——資料室へと歩き出した。

＊

（もう、無理だ。我慢なんかできない）

授業中だというのに伊織はオナニーをしていた。自分の真後ろの席で……。

この間までオナニーも知らなかったとは思えないほどイヤらしい姿だった。そんな姿に気付いてしまった以上、もう欲望を抑えることなどできはしない。これまで我慢してきたけれど、それももう終わりだ。

「高梨さんっ！」

資料室に入るなり、伊織の身体を押し倒すと、制服のボタンを外し、ブラを引き剥《は》がした。伊織の乳房がプルンッと剥き出しになる。ぷっくりと膨れた乳輪と乳首が視界に飛び込んできた。見るだけでガチガチに肉棒が硬くなっていくのを感じつつ、スカートも捲る。ストッキングに手をかけると、本能のままにそれを破った。その上でショーツをずらす。途端に露わになった肉花弁は既に淫らに咲いていた。

クパッと開いたワレメから覗き見える肉襞の表面は愛液に塗れている。膣口も挿入を求めるように開いていていた。

手を伸ばし、秘部に触れる。

「んあっ！　あっ……はふんんんっ」

それだけで伊織は激しく肢体をビクつかせた。

先程自慰をしていたお陰か、既に準備は万端といった様子である。肉体もかなり敏感になっている様子だ。肉棒が欲しくて欲しくて堪らないと膣そのものが訴えてきているようにも見える。

「こんなにグチョグチョになってる。授業中にオナニーするくらいエッチな子になっちゃったんだね。こんなの見せられたらもうどうしようもない。いいよね？　高梨さんだって欲しいんだよね？　だから……挿《い》れるよ」

催眠状態にあり、どこかボーッとした表情の伊織に囁きかけると、自身の肉棒を剥き出しにし、先端部をグチュリッと躊躇なく膣口に密着させた。

「あっ……はぁあああ」

それだけで本当に心地良さそうな表情を伊織は浮かべる。いや、表情だけではない。身体でも喜びを訴えるように、肉先にヒダヒダを絡みつけてきた。愛液で亀頭をグチョグチョに濡らしてくる。早く挿《い》れてと全身で訴えてきているようだった。

「くうう、行くよっ‼」

欲望を抑え込むことなどできるワケがない。わき上がる想いのままに、鈴木は腰を突き出した。

ぶぢっ！　ぶぢぶぢぶぢぃいいっ！

「ひっあ！　あひぁあああ！」

伊織の純潔の証を引き千切り、一気に膣奥まで肉槍を挿入する。結合部からは破瓜《はか》の血が溢れ出した。

「凄い。これが……マ○コ……。これが、高梨さんのっ‼」

ギュウウッと肉棒が締めつけられる。自分の手で握るよりもきつい感触だった。ペニスが引き千切られてしまうのではないかとさえ思ってしまうほどだ。そのキツさが堪らなく心地いい。まるで自分のすべてが伊織に抱き締められているかのような感覚だった。

「俺が、俺が高梨さんの初めて！　俺が高梨さんの！」

「はっふ、んぐうう……ふうっふうっ……んふぅうう」

ポロポロと伊織の眦から涙が零れ落ちていく。初めてだからか少し苦しそうだ。けれど、それを気にしている余裕など鈴木にはなかった。

「ヌルヌルであったかくて、チンコに食いつく！　あ～、気持ちいい！　やばいっ！　高梨さん！　高梨さんっ‼」

伊織の名を何度も呼びつつ、ピストンを開始した。

強烈な快感に流されるように、ドジュッドジュッドジュッと伊織の膣奥を叩く。破瓜を迎えたばかりだろうが気にしない。気にすることなどできない。ただただ己の欲望のままに、伊織の膣奥を突いた。

「あっく、ふくううっ！　うぐぅう！　ふっぐ、くふううう！」

突き込みに合わせて伊織が身体をビクつかせる。

「い……たい……これ、痛いっ！」

眉間に皺を寄せた、どこか苦しげな表情を伊織は浮かべた。

「痛い？　大丈夫だよ。それは気のせい。高梨さんは感じてる。初めてでも気持ちよくなってる。痛みだって快感として受け止められる！」

そんな伊織に腰を振りながら囁きかけた。スマホを操作して……。

「あっ、んっ……はぁああ！　あっあっ……あはぁあ」

途端に伊織が漏らす嬌声の響きが変わる。先程までのどこか苦しそうなものではなく、明らかに心地良さそうな響きを伴ったものとなった。

「ほら、初めてでも気持ちいい。こうやって、俺のチンコでマ○コ犯されるの……気持ちいいでしょ？　感じるでしょ？」

破瓜を迎えたばかりだろうが気にすることなく、激しく腰を振り続ける。膣奥を亀頭で幾度も叩いた。同時に乳房に手を伸ばして揉みほぐす。跡が残りそうなほどに胸肉に指を食い込ませた。

「あんんんっ！　い……いいっ」

そうした激しすぎる攻めを受けながら、伊織はコクコクと首を縦に振った。

「き……もち、いいです！　あっ……んっ……はぁあ……あっあっ……はぁああ」

甘い嬌声を響かせながら、より強くギュウウウッとペニスを蜜壺で締めつけてくる。

「これ……スゴイ。ズンズン……あっあっ……あそこ、ズボズボされるの……気持ち……いいっ！　お腹……お腹の奥が……熱く……なるっ」

表情も歪んでいく。

トロンと蕩けた瞳に、熱い吐息を漏らす半開きになった唇――普段の姿からは想像もできないほどに、女を感じさせる顔だった。

「そんなに……いいんだ？」

「は……い！　凄く……いいっ！　もっと……あぁああ、これ……もっと！　んふぅうう！　もっとくだ……さい……っ」

素直に更なる攻めまで求めてくる。

(信じられない。こんな……高梨さんのこんな姿を見られるなんて……)

伊織が告白されたという話はこれまで何度も聞いてきた。何人、何十人もの男子達がこれまで伊織に想いを伝えてきた。それでも、彼女がそれを受けたことは一度としてなかった。男女交際なんて考えたこともないんだろう。

そんな伊織が――、生真面目で、数日前までオナニーさえ知らなかった高梨伊織が、今、自分の下で喘いでいる。

(眼中になかった男に組みしだかれて、チンコを挿入《い》れられて、気持ちいいって言ってる)

興奮しないわけがない。

ムクムクと更に肉棒が膨張していくのを感じた。

「これ……大きくなってる。お、おちんちんが……私の膣中《なか》で……膨らんでるのがわか、るぅう！　あっあっ……はぁあああ……。凄い……気持ちいいのが……もっと、んふうう！　もっと大きく……なって……くぅう。これ、もっと……あぁああ……もっとぉ」

もっと――そう口にしながら、動きに合わせるように伊織自身も腰を振ってきた。ギュッギュウウッギュッッとリズミカルにペニスを締めつけてもくる。

（身体でももっと気持ちよくして欲しいって言ってきてる。あああ、奪いたい。全部、全部を！　高梨さんの初めて全部を……俺が奪いたい！　彼女の何もかもを俺のものに！）

グリグリと抉《えぐ》るように膣奥を肉先で刺激した。

「はぁああ……ふっかい……奥！　深い！　ひあっ！　あひんん！　当たってる！　これ、おちんちんが奥に……当たってる！　いいっ！　これ……本当に……いいのぉ」

言葉だけではなく身体でも快感を訴えるように、襞の一枚一枚が肉茎に絡みついてくるのが分かった。ギュウウウッと肉槍を締めつけてくる。まるで精液を絞り取ろうとしているかのような刺激だった。

（出す。このまま出す！　膣中に……高梨さんの膣中に精液を出すんだっ!!）

刻みこむ。自分自身を……。

（高梨さんの記憶に残らなくてもいい。それでも全然構わない。でもその代わりに刻む！

俺が高梨さんを犯した印を身体の膣中《なか》にっ‼）

射精衝動がわき上がってくる。それに比例するように、ペニスが膨れ上がっていった。亀頭はパンパンだ。いつ爆発してしまってもおかしくない。それほどまでに膨張したペニス全体が、膣中《なか》で激しくビクビク震えた。

「ふぁああ……あっは、んんんっ！　こっれ、動いてる！　ビクビクッて、おちんちんが、わた……しの……あんん！　膣中で……震えてる！　それに……凄く……んひいい！　すっごく、熱く……なって、なってるのぉ！　はっふ、んふぁああ！　あっあっあっ……はぁあああああ！」

「分かるか？　これ……射精《で》そうになってるんだ。俺、もうイキそうなんだ」

ゴリッゴリッと削るように、蜜壺全体を肉槍で擦り上げる。そのたびに伊織の肢体もビクビク震えた。乳房を突き込みに合わせて揺らしつつ、腰を浮かせてくる。

「いき……そう……。射精……しそうって、こと？」

「ああ、そうだ。射精する。高梨さんの膣中《なか》に出すよ。沢山出す！　欲しいでしょ？　高梨さんも出して欲しいよね？」

求めて欲しい。自分のすべてを受け入れて欲しい——そんな想いを込めて尋ねる。

「ほ……しい……」

催眠にかかっている伊織は、決して期待を裏切らない。そうして欲しいと想った通りに、コクッと頷いてくれた。

「イク……これ、私も……んんん！　わ、たしもイク！　はぁあ！　あっは、んはぁああ！　おちんちん……おちんちんが気持ちよすぎて……イッちゃうの。だから、だ……からぁあ……射精して……んんん！　膣中《なか》に……射精して欲しい」

訴えながら、伊織の方からも腰を強く押しつけてきた。これまで以上に深くまでペニスを飲み込んでくる。膣道で、膣口でギュッと肉棒を締めつけながら、子宮口を亀頭に吸い付かせてきた。

「そそ……いで、お願い」

上気した頬、潤んだ瞳で懇願してくる。

「た、高梨——伊織っ！　伊織ぃいいいいっ!!」

こんな姿を見せつけられて我慢なんかできるわけがない。自分の方からも腰を突き出す。子宮がへしゃげてしまいそうなほど奥にまで、肉槍を突き入れた。

「あっひ！　はひぃいいいいっ!!」

ドジュンッという強烈な一撃に、伊織の瞳が見開かれる。

それと共にキュウウウウッと蜜壺がこれまで以上に収縮した。

「うぁあ！　くぁあああ！」

どっぴゅ！　ぶぴゅうう！　どぴゅるっ！　どっぴゅどっぴゅどっぴゅ——どぴゅるる

るるるるるっ!!

絞られるがままに白濁液を撃ち放つ。ドクドクと肉棒を痙攣させ、子宮に、先程休み時間に射精したばかりとは思えないほど多量の白濁液を流し込んだ。

「あっ！　ふあっ！　あっあっあっ——はぁあああ！　でって、出てる！　ドクドク……私の膣中《なか》に……射精《で》てるぅう!!」

脈動するペニス。それに合わせるように伊織も肢体を痙攣させる。

「いいっ！　熱いの……いいっ！　ンンンッ！　イクっ！　あっ、わた……しも……イクっ！　はっひ、んひぃい！　イクイクイク——イクぅううっ!!」

眉根に切なげな皺を寄せながら、伊織も絶頂に至った。

のし掛かる鈴木の背に手を回してくる。ギュッとこちらの身体を強く抱き締めてきた。強く伊織に求められているような気がする。それが堪らなく嬉しくて、更に射精を続けるのだった。

「あっは……んはぁあああ……」

やがて身体中から力が抜けていく。

「凄くよかったよ……」

ゆっくりと腰を引き、ジュボンッとペニスを引き抜いた。

「あっふ……んふううう……」

途端に開いたままの膣口からコポオッと白濁液が溢れ、零れ落ちる。その有様を見るだけで、伊織の膣中《なか》が自分の精液で満たされているであろうことがよく分かった。

「伊織……伊織も気持ちよかった？」

ソッと伊織の頭に手を伸ばし、優しく撫でながら尋ねる。

「はぁあ……あっは……はふぅう……ふうっふうっ……んふぅうう……。よ、よかった……凄く……気持ち……よかった」

「そっか、それならよかった。これから……毎日しような。一緒に気持ちよくなろうな」

もっとしたい。一度だけじゃ足りない。これからももっと……。

「……うん。毎日」

想いに応えるように、伊織も嬉しそうに微笑んでくれた。

そうした姿に堪らないほどの愛おしさを感じてしまう。キスをしたい――そんな想いがわき上がってくるのを感じた。

感情のままに伊織の唇に自身の唇を寄せていく。

だが、あと少しで触れ合うというところで鈴木は止まった。

してしまった。セックスまで……。

だというのにどうしてだろう？　口付けまでしてしまうのは申し訳ないような気がしてしまう。

「どうか……しました……か？」

不思議そうに伊織が首を傾げて尋ねてきた。

「別に……なんでもないよ」

そんな彼女の頭を、キスの代わりだとでも言うように、鈴木は優しく撫でるのだった。

＊

「――ん、んんんっ」

ゆっくりと伊織は目を開いた。

「え？」

視界に見慣れない天井が飛び込んでくる。数日前資料室で目が覚めた時とまるで同じような感覚だった。ただ、場所は資料室ではない。伊織が寝ていたのはベッドだった。

(私……そうか、ここ……保健室だ)

なんだか頭がボーッとしている。

しかし、何故だろう？

(なんだか身体……すっきりしてる。最近ちょっと熱っぽかったから、こんな感覚久しぶりかも……。寝たお陰かな？)

体調や回復した理由を考えながら、ベッドから下りる。身体も心なしか軽くなっているように感じた。

「よかったぁ……♪」

自然と笑みを浮かべながら、保健室を後にする。

その時、秘部からトロオッと白い汁が溢れ出たが、それに気付くことはできなかった……。

三章　変わっていく身体

「あっ……んっ！　あっあっ……はぁああっ」

自室のベッドに横になった状態で、伊織は自分の身体を慰めていた。

学校から帰ってきた直後なのでまだ制服姿である。着替えるよりも先に、まずオナニーを始めてしまっていた。スカートを捲り上げ、ブラウスのボタンを外し、乳房や秘部を剥き出しにしている。

乳首を指で摘まんでクリクリと刺激しつつ、膣口に指を挿し込み、クチュクチュとかき混ぜていた。

「ふっあ……あんん……これ、気持ちいい」

最近覚えてしまったオナニーの快感から逃れることができない。いつでも欲しいと思ってしまう。そうした欲望の赴くままに指を一本だけでなく、二本も膣奥に届くほどまで挿入してしまっていた。

愛液が飛び散りそうなほどの激しさで、ジュボッジュボッと抽挿させる。指先で膣の上側や、膣奥をなぞるように刺激すると、そのたびに部屋の外まで聞こえてしまうのではないかというレベルの嬌声を漏らしてしまう。

（本当に……こうやってあそこ弄るの、いい……。凄く……いい。だけど……でも、気持ちいいけど、どうして？　指だけじゃ、なんか物足りない）

快感は確かに覚えている。身体が蕩けてしまいそうなほどに心地いい。しかし、それだけでは満足できない。もっと強い愉悦が欲しいと思ってしまう。

（どうすれば……）

キョロキョロと室内を見回す。

すると視界に勉強机が飛び込んできた。

（……もしかして、あれを使えば……）

自分の手だから思ったように感じられないのかもと考える。自分で自分をくすぐっても、あまりくすぐったくないみたいなものかも知れないから。だから道具を使えば、このもどかしさは解消できるのかも……。

フラつきながら立ち上がると——

「んっ」

グチュッと濡れそぼった秘部を机の角に押し当てた。

「あっは……んんんっ……冷たい」

ヒンヤリとした机の感触が敏感部に伝わってくる。身体が痺《しび》れるような感覚が走り、反射的にビクビクッと身体を震わせた。

（これ……机の角をあそこに当ててると、キュンってなる。切なくなる……。それに……ああ……机なのに、勉強するところなのに……凄く、気持ちよくなる）

「あふぅう……ふっあっ！　あっは……はぁあぁ……あっあっあっ」

走る愉悦に後押しされるように、自然と腰を振り始めてしまう。ワレメがぱっくりと開いてしまっていることで覗き見えているピンク色の柔肉を、幾度も机の角で擦り上げた。

ぐっちゅぐっちゅぐっちゅ……。

腰の動きに合わせて淫猥な水音が響き渡る。

（凄くイヤらしい音……。この音を私が出してる？　駄目……こんなの、私……はしたない。こんなのやっぱり駄目。こんなことしちゃいけない。でも、あぁぁ……でもぉお）

駄目だ駄目だと思えば思うほど、反比例するように愉悦は大きくなっていく。そうした快感に流されるように、どんどん腰を振る速度を激しいものに変えていった。

「はっふ……んふぅうう……。もう、無理。我慢なんか無理だよ。イッく……んはぁあ、私ぅ……イクっ！　イッちゃう。これ、このまま……気持ちよすぎて──」

絶頂感が膨れ上がってくる。意思だけで押さえ込むことなどできそうにない。

「あっは……んはぁああ！　あっあっあっ──はぁあああ」

結果、流されるがままに達してしまった。

絶頂に合わせてブシュウウッと愛液が飛び散る。机が、上に置いておいたノートが、汁でグチョグチョに濡れてしまった。

「あぁああ……はっふ……んふぅうう……はぁはぁはぁあああ」

全身が絶頂後の気怠さに包み込まれる。身体中から力が抜けていくのを感じ、ぐったりとその場に座り込んだ。

(こんなに……濡れてる)

視界に飛び込んでくる濡れた机に指を這わせる。愛液を掬め捕った。それをまじまじ見つめる。濡れた指が部屋の灯りを反射してヌラヌラと妖しく輝く様が実に淫靡だった。

(凄く……エッチな匂い)

愛液から噎せ返るような生々しい匂いがわき上がっている。自分でもはっきり分かるほどに、濃厚な牝の匂いだった。嗅いでいるだけで再び変な気分になってしまいそうである。

そんな発情臭を嗅ぎつつ、ほとんど無意識のうちにペロッと愛液を舌で舐めた。

少しだけ塩気を含んだ味が伝わってくる。

(これが私の味……)

キュンッと下腹部が疼くような感覚が走った。

(……毎日こんなこと……なんでやめられないの？)

自己嫌悪を覚えてしまう。理性ではこんなことといけないと思っているのに、止められない。まるで自分が自分ではなくなってしまったかのような感覚だ。

（こういうこと……いつか彼氏ができたら、一緒に……するのかな？　エッチなこと）

想像してしまう。

（せ、セックスとか……するのかな？）

男と身体を重ね合わせる自身の姿を……。

『伊織……挿入《い》れるよ』

『あっ！　んんん……はふぅうう』

ジュブジュブと身体に肉棒が突き立てられる。子宮に届くほどの奥にまで恋人のペニスが沈み込んでくる。もちろん挿入《い》れるだけでは終わらない。当然腰を振りたくられ、何度も膣奥を突かれるのだ。

『伊織……伊織っ！　気持ちいいか？』

『いい……気持ちいい！　凄くいいっ』

きっとオナニーよりも気持ちがいいはずだ。少し突かれるだけで簡単にイッてしまいそうなほどに感じることになってしまうはずだ。

『出すぞ。伊織！』

『来て……射精して……。奥に……私の子宮を——くんので、いっぱいにして！』

『くおおおっ』

　ドクドクと射精される。子宮がいっぱいになるほどに……。

『あんんん！　い、いいっ！　イクっ！　あはぁあ！　私、イクっ！　――くんので、イクの！　イクイク――あっあっあっ、いっちゃ、うのぉおっ！　はっひ、くひんんん』

　膣奥に精液を流し込まれれば、きっとすべてが――身体も心も満たされるような感覚を覚えることができるはずだ。その感覚に包まれながら絶頂する。それはきっととてもとても幸せなことで……。

『ふうう、最高だったよ伊織。じゃあ、今日も射精後ちんこを綺麗にして。伊織の口でお掃除フェラしてよ』

『う……うん……。ふっちゅ、んちゅう……ふー。ふー……んっちゅる、ふっちゅ、んちゅっちゅっちゅっ……むちゅうう……ちゅっろ、ふちゅれろぉ』

『あああ、いい！　いいよ伊織、チンコにキス……最高だ!!』

　繋がり合い、肉体で、秘部で、感じてくれている彼氏を見たらきっと嬉しくなる。なんだってしたいと思ってしまうはずだ。

（って、何を考えてるの……。そんなエッチなこと……。だいたい、セックスって……ちょっと怖い……。でも、そう……キスならきっと怖くないよね。ロマンチックな感じで……まぁ、全然想像できないけど……）

　セックスのことは生々しく考えられるのに、キスはあまり上手く思い浮かべることができない。

（キスって気持ちいいって聞くけど……お、オナニーよりもいいのかな？　この、感覚よりも……）

達したばかりなのに再び手を股間に伸ばしてしまう。

先程妄想したことを考えながら、グチュッグチュッグチュッと秘部を弄ってしまう。

『伊織……もっと、もっと……』

『あああ、いいっ！　おちんちん……いいっ』

何度となく膣奥を突かれ、精液を注ぎ込まれる感覚を驚くほどリアルに思い浮かべながら、ひたすら蜜壺をかき混ぜ続けた。

（もうすぐ試験……試験なのに……全然勉強に集中できないよ……。どうして、こんな……なんでなの？）

自分自身が理解できなかった。

『伊織、来週から試験が始まる。伊織と同じ大学に行くためにはちゃんと勉強しないといけない。だから、一週間セックスはお預けだ。その間、俺のチンコのことを忘れちゃ駄目だよ。絶対覚えておいてな』

「んんんっ……あっは、はぁあああ」

まるで誰かに命令されているような気さえしてしまう。オナニーをしているのは本当に自分の意思なのだろうか？

（って、そうやって誰かのせいにしようとしてるけど、これは私……私のせい……。んんん！　やめられない。気持ちよく……なりたい……イキたい。また……イキたいっ）

乳首を摘まみつつ、クリトリスを激しく扱いた。達したい。スッキリしたい――そうした想いのままに……。

「あああ……イクっ！　また……イクぅうっ‼」

そのまま再び伊織は絶頂に至った。

けれど――

「なんで？　どうしてスッキリできないの⁉」

達したはずなのに、もどかしさが残っている。秘部は疼き続けてしまっている。

「イッたのに……全然満足できない」

駄々をこねる子供みたいに脚をバタバタ振る。だが、そんなことをしたところで、感じるもどかしさを消すことはできない。

（指じゃ足りない。机だけじゃ……満足できない。これ、挿《い》入れたい。私……おちんちん……おちんぽを挿《い》入れたい）

はぁはぁと部屋中に荒い息を響かせながら、そんなことを心の底から考えてしまう。

（――って、なんでそんなこと……。どうして私……）

何故そのようなことを考えてしまうのかが理解できない。

（私……どうしちゃったの？）

これまでの自分とは明らかに変わってしまっている。

まるで身体が自身のものではなくなってしまっているかのような感覚だった。


――数日後。


「はい、では後ろから答案用紙を集めてください。みんな試験お疲れ様、学校は早めに閉門するから、居残りせずに帰るように」

先生の声が教室中に響き渡る。テスト用紙が回収されていった。

「やっと終わったぁああ」

「ようやく解放だ！　今日はどっか遊びに行こうぜ」

嬉しそうな表情を浮かべたクラスメイト達がワイワイと話し始める。テストが終わった解放感でみんな浮かれている様子だった。

だが、そんな中で伊織は一人だけ、呆然《ぼうぜん》としたような表情で固まってしまっていた。

（できなかった……。いつもより全然できなかった……）

問題が頭の中にほとんど入ってこなかったと言うべきだろうか？　認識できた問題も、ここ数日まるで勉強に集中できなかったためか、答えを導き出すことができなかった。

（自己採点して確認しないと……）

血の気が引いていく。

夢であって欲しかった。

＊

（試験も終わったし、今回は勉強頑張ったお陰で手応えもあるし、気分がいいな）

鼻歌を歌いながら、鈴木は教室に向かって廊下を歩いていた。

（あとは伊織とセックスさえできればもっと最高なんだろうけど、まさかテスト最終日に委員会があるとはなぁ。お陰でだいぶ遅くなっちゃったよ。多分伊織ももう帰ってるだろうし、セックスは明日かなぁ）

当たり前のように伊織と身体を重ねることを考えながら、教室の戸をガラッと開ける。

「──ん？」

そこで教室内に生徒が残っていることに気付いた。

（……伊織？）

間違いない。高梨伊織が残っている。机に座った状態で──

（──ッ!?）

彼女は泣いていた。

眦からポロポロと涙を流している。それを必死に手で拭っていた。

（泣いてる？　なんで⁉　どうする？　こういう時……話しかける？　俺が？　でも、そんなこと……いや、だけど、泣いてる伊織を放っておくなんてできない。えっと、だから、その……落ち着け！　落ち着け！）

混乱し、ともすればパニックになりそうになってしまう。それでもなんとか深呼吸することで心を落ち着けると――

「た、高梨さん」

伊織を呼んだ。

それに伊織はビクッと身体を震わせると、慌てて更に何度も目を拭った上で、こちらへと視線を向けてきた。

「あ……鈴木くん？」

「えっと、その……どうしたの、大丈夫？　何かあった？」

心配だ。好きな子のことなんだから当然だ。少しでも力になってあげたい――それは素直な想いだった。

そんな鈴木に対し、伊織はほんの少しだけ考えるような素振りを見せた後――

「――なんでもないです。鈴木くんには関係がないことなので」

静かにそう告げてきた。

ほとんど感情を感じさせない、抑揚がない言葉だ。

（この感じ……知ってる）

伊織のこの言葉遣いを鈴木はよく知っている。前々から何度もこういう態度を取られてきたから。

こうして面と向かっているのに、伊織の眼中にはまるで自分が存在していない。関係がない――それが本心からの言葉だということが分かる態度だ。

高梨伊織は他者に心を開かない。

（俺なんてまるで相手にされてない）

でも、それはとても寂しいことだ。もう少し距離を詰めたい。伊織に見て欲しい。そんな想いが膨れ上がってくる。

しかし、伊織はそうした鈴木の想いなどまるで気にする様子もなく――

「失礼します」

冷たい一言と共にこの場から立ち去ろうとする。

「高梨さん……待って！」

反射的に伊織の手を取った。

瞬間、ビクッと伊織は肢体を震わせた。

「は……離してっ！」

それと同時に慌てた様子でこちらの手を振り払ってくる。

「どうして？　俺は高梨さんを心配して……」

善意からの行為だ。それなのにどうしてここまで拒絶されなければいけない？

「……鈴木くんに心配してもらういわれはありません」

「いわれはないって、でも……」

「私と鈴木くんの間には何の関係もないんですから」

「――っ」

何の関係もない。二人は無関係――胸に突き刺さるような言葉だった。ショックを感じて一瞬硬直してしまう。

「それじゃあ……」

そんな鈴木を残して伊織は再び教室を出ていこうとする。

「待ってよ！」

それは駄目だと思った。もう一度伊織の手を取る。

「んんんっ」

途端に再び伊織はビクビクと身体を震わせた。同時にどこか艶やかな響きを伴った声まで漏らす。

（え、これ……）

そこで気付いた。

（高梨さん……濡れてる？）

伊織の股間部からポタポタと汁のようなものが零れ落ち、床を濡らしていることに……。

「や、やだっ！」

伊織はもう一度こちらの手を振り払おうとする。何としてでも鈴木から距離を取ろうと、逃げようとしてくる。

「待てっ！　待てよっ！　待てって言ってるだろっ‼」

繰り返される拒絶に苛立《いらだ》ちを覚えてしまい、結果教室中に響くような声をあげていた。

そして、気がつけば、無理矢理伊織のスカートを捲り上げ、ストッキングを破り、ショーツを横にずらすと共に、ガチガチに勃起した肉棒を、躊躇することなく伊織の秘部に背後から突き立てていた。

ずっじゅ！　どじゅうう！

「んっ——あぁあああっ」

まだ何もしていないというのに、伊織の秘部は既にグショグショだった。そのお陰で一気に奥まで肉槍を突き立てることができる。抵抗はほとんどなかった。

「んふうう……挿入《はい》ってる！　あっあっ……奥まで……おちんちん……ちんぽ……来てるぅ！　あああ……んはぁああ」

伊織の表情も心地良さそうに歪む。トロンと蕩けた瞳に半開きになった唇——快感に溺れる牝の顔だ。蜜壺も鈴木を歓迎するかのようにキュウウウッと収縮し、きつく肉棒を締めつけてきた。襞の一枚一枚が肉茎に絡んでくる。精液を絞り取ろうとするかのような締めつけが堪らなく心地いい。挿入しただけだというのに、いつ射精してしまってもおかしくないほどの快感が鈴木の全身を駆け抜けていった。

だが、抑え込む。まだ射精しない。必死に絶頂感に抗いつつ、挿入だけでは満足できないというように、腰を振り始めた。

どっじゅ！　どじゅうう！　どっじゅどっじゅどっじゅどっじゅどっじゅどっじゅっ！

「んっあ！　はぁああ！　あっあっあっ……んぁあああ！」

伊織の身体を教室の窓に押しつけ、激しく腰を叩き付ける。子宮を潰しそうなほどの勢いで、膣奥に亀頭で何度もキスをした。まるで苛立ちをぶつけるかのように……。

「くそっ！　どうせ俺は……高梨さんにまったく相手にされないどころか、避けられてっ！　どうせ俺のことキモイと思ってるんだろ‼」

だからこっちを見ようとしない。逃げようとする。伊織はきっと軽蔑しているのだ。好きなのに、伊織のことが本当に昔から好きだったのに……。

そんな相手に気持ち悪がられ、避けられるなんて、耐えられない。許せない。だから、犯す。伊織を蹂躙《じゅうりん》する。

「違う！　ち、がうのぉおっ」

そんな想いをぶつけるような陵辱と言葉に、伊織は首を横に振った。

「何が違うんだよ！　言ってみろっ!!」

そんな伊織の制服ブラウスのボタンを外して乳房を剥き出しにすると、いわゆる立ちバック状態で腰を振りつつ、豊かな柔肉に指を食い込ませた。捏ねくり回すように胸を揉み、乳首を摘まむ。

「んっひ……あひんんっ！　あああ、それ……スゴイっ」

するとどこまでも敏感に伊織は反応した。少し胸を揉むだけで、少し乳首に刺激を加えただけで、より蜜壺を収縮させてペニスを締めつけてくる。刻まれる性感に歓喜するかのように、結合部からはより多量の愛液が溢れ出た。

「わた……しは……んんんっ！　す、鈴木くんを……気持ち悪い……だなんて、あっあっ、お、思ってない」

そうした快感に喘ぎつつ、伊織は問いかけへの答えを口にしてくる。

「だったらなんで俺から逃げようとした？　俺は純粋に高梨さんを心配してたのに」

「それは……そ、れは……んんんっ！　気付かれたくなかったから……。さっき……はふっ……んふううう……手を掴まれた時、それだけであそこが凄く濡れて、恥ずかしかったんです……あっく、んんんっ」

あそこが濡れた――それは事実だろう。実際、床に落ちる愛液を見た。

「それで、早くあの場から立ち去りたかった……鈴木くんを気持ち悪くなんて……思って……ない、です」

既に伊織は催眠状態にある。だから彼女の言葉に嘘はないだろう。

拒絶されていたわけではない――それを知ることができて少しホッとした。それと同時に、驚きも感じた。

(初めてしてから何度か催眠をかけてセックスした。だからか？　それとも、テスト期間でしばらく間が空いたから？　高梨さん……そのせいでこんなにもエッチに、淫乱になったのか？)

触れるだけで濡れてしまうほど、敏感に……。

「んっ、はぁああ……あっあっあっ……いいっ！　気持ち、いいっ」

それを裏付けるように伊織は快感を口にする。いや、ただ気持ちいいと言葉にしてくるだけではない。身体でも愉悦を証明するように、腰まで振り始めた。

「はふう……んんん！　もっと……もっと奥！　もっと……あっふ、くふんん」

肉棒に敏感部を押しつけてきていることが分かる。

「高菜さん……伊織っ！　ごめんな、一週間も放っておいて！　その分、たっぷり快感を刻んでやるからな！」

求められている。伊織に……。

それが嬉しい。堪らないほどの喜びを感じた。それを訴えるように、より激しく腰を打ち振るう。子宮が歪んでしまってもおかしくないほどの勢いで、膣奥を肉槍で叩いた。

「ひゃっ！　あっ！　くひいいっ！　それ！　それ凄いっ！　鈴木くん……こっれ、凄いの！　気持ちいいところに……当たるぅ！」

「くうう。締めつけ、ヤバい！　伊織……本当にこうやって奥を突かれるの好きだよな。いいぞ、もっと感じていいぞ。伊織が満足するまで、今日はたっぷりハメてやるからな！」

一突きごとに肉棒を膨れ上がらせていく。

「んんん！　これ……ちんぽ……熱くなってる！　それ、に……はっ、んっは……あふぁああ！　大きくなって……んんん！　私の膣中《なか》……おま○こが……ちんぽの形にされ、てくみたい……はっふ、んふううっ！　イッちゃう。鈴木くん……私、こんなの簡単に……イクっ！　イッちゃうよぉ」

「いいぞ。イキたいならイケばいい！　俺も射精《だ》す！　伊織の膣中《なか》に出すから、一緒に！」

「はい！　はいっ！　一緒！　あふうう……一緒にぃい」

わき上がる射精衝動の赴くまま、ピストン速度を上げていく。それに合わせて伊織も同じように腰を振りたくってくれた。教室内にパンパンパンッという乾いた音色が響き渡る。ブルンッブルンッと伊織の乳房が激しく揺れた。

「で、出るぞ……伊織ぃい！」

「んんん！　来て！　出してぇ！」

「くおおおっ！」

求められるがままにドジュッと根元までペニスを突き込むと、躊躇なく射精を開始した。

どっぴゅ！　ぶぴゅうう！　どっぴゅどっぴゅ――どぴゅううぅっ！

「あっ……んぁあああ！　あっあっあっ――はぁあああ！」

ドプドプと子宮内に熱汁を注ぎ込んでいく。

「出てる……んんん！　熱いの……染みる。はふぅう……い、イクっ！　鈴木くん……イクっ！　これ、いいっ！　ドクドク……いい！　よくて……イクっ！　あっあっ……イクイク……イクぅううっ」

まるで条件反射だった。キュウウウッとこれまで以上に蜜壺を収縮させ、だらしなさを感じさせるほどに表情を蕩かせながら、伊織は絶頂に至る。

「はぁああ……いいっ！　ドクドク……凄く……いいっ」

本当に心地良さそうで、幸せそうな表情と、言葉だった。

「あんんん……くふんんんっ……」

肢体を小刻みに震わせる。白い肌を桃色に染めながら……。

普段の生真面目でどこか冷たさを感じさせる姿からは想像もできないほどに、快楽に溺れる女の本能が前面に出ている姿だった。

「伊織！　まだだ！　まだだぞ！」

こんな姿を見せられたら一回だけで満足なんてできるワケがない。射精を終えた直後だというのに、肉棒はガチガチに勃起したままだった。

わき上がり続ける欲望──それをぶつけるようにピストンを再開する。

「んひんん！　また、また動き出した！　んっは！　あふぅう！　んっんっんっ──あんんんっ！　はっひ、くひんんっ」

「伊織！　伊織、伊織ぃいい！」

何度も突く。精液に塗れた子宮を叩く。

「あああ、んぁああ！」

それに合わせて啼《な》く伊織。そうした姿に興奮が高まっていき、すぐさま射精衝動が再びわき上がってくる。

「また出す！　またっ！」

「はぁあぁ……来て！　来てぇえ！」

「くぉおお！」

どっびゅ！　ぶびゅぼっ！　どびゅううっ！

二度目とは思えないほど多量の精液を解き放った。

「んひいぃい！　あっあっあっ……あひぁああ！」

それだけで伊織もまた絶頂に至る。

「好き……これ……気持ちぃい……好きぃっ!! はふうう! んっふ……あっあっ……はぁああああああ」

快感が好き——素直な欲望を口にしながら、絶頂感に悶えるその姿が、本当に美しいものに見えた。

(高梨さんを……高梨伊織をこんなにも乱れさせている。俺が……)

それが嬉しい。もっともっと見たくなる。

だからだろうか? 肉棒はまったく衰える様子を見せない。

「もっともっと、今日は伊織をグチャグチャにしてやるからな」

我慢するつもりなどない。徹底的に犯す——本能に支配された獣のように……。

それからもひたすら教室で伊織と交わり続けた。

立ちバックで犯すだけではない。

並べた机の上に伊織を寝かした状態で、膣奥を何度も抉った。床に四つん這いにさせた状態で、ケダモノみたいに繰り返し背後から突いた。正常位でも繋がり合って、子宮を繰り返し抉るように責め立てた。

「ふひいいっ! あっひ……くひんんっ! あっあっあっ——はぁあああ!」

「イクっ！　イッく！　イクイク――イクぅううっ!!」

「また、またイク！　止まらない！　凄いの……止まらない……のぉお！　あっふあ！んひんんんっ！」

「イキながらイクっ！　はぁぁあ！　ドクドクいいっ！　膣中《なか》に精液……射精され、るの……すっごく、凄く……いひのぉお！　んぁああ！　はぁあああ！」

何度も伊織を絶頂させ、何度も伊織の膣奥に白濁液を注ぎ込んだ。

悶え狂う伊織の嬌声は、学校中に響いてしまうのではないか？　とさえ思ってしまう。

「あっ♥　はぁっ♥　んっ……はぁあああ♥♥♥」

一体どれだけ伊織を絶頂させただろう？　一体何度精液を流し込んだだろう？　もう分からない。数えられないほどだ。

間違いなく伊織の子宮や膣は精液でパンパンになっている。それを証明するように、結合部からは止め処なく精液が溢れ出し、零れ落ちていた。

「はふぅぅ……んっふ……あふぁああ……♥」

熱い吐息を漏らす伊織の表情は、涙や汗、それに唾液でグショグショになっている。

「くっ……ちょっと休憩するかな」

流石に限界が近い。射精しすぎだ。伊織もこの有様だし、そろそろ終わってもいいだろう。

ゆっくりとペニスを引こうとする。

「あ……だ、駄目……やだっ」

だが、そうした動きに対し、伊織はそんな言葉を口にしてきたかと思うと――

「――えっ⁉」

こちらの身体を逆に床に押し倒してきた。今度は伊織が上に跨《また》がるような形になる。

「い、伊織？」

「抜くの……イヤです」

情欲に塗れた視線をこちらへと向けてくる。

目を、唇を震わせ、男性器をねだるような言葉を口にしてくるその姿は、発情した一匹の牝としか言いようがないほどに、淫靡なものだった。

「もっと……もっと感じたい。もっとちんぽで気持ちよくなりたい……。もっと、精液……ドクドク……欲しい」

はっきりと更なる快感を求めてくる。

それは言葉だけではない。

ずっじゅ！　ぐじゅう！　じゅっぽ！　じゅぼっじゅぼっじゅぼっじゅぼぉお！

「あっは……んぁあああ♥　あっあっあっあっ……あっはぁあああ♥」

自分から腰まで振り始める。

「はぁああ♥　はふっ、んっふ、はぁっ♥　はぁあああ♥」

荒い息を吐きながら、まるで女を犯す男のような勢いで、パンパンパンパンッと繰り返し秘部を打ち付けてきた。

普段の学校での姿からは絶対に想像もできない淫らな有様だ。

（これ……伊織のこんな姿を知っているのは俺だけ。俺だけなんだ……。俺しか知らない伊織の痴態……）

征服欲が満たされていく。

「あっ♥　あんっ！　ふぁあああああ♥♥」

グチュグチュと淫靡な水音を積極的に響かせながら、腰を上下させてくる。いや、それだけではない。円を描くように腰をくねらせてくる。時にはグリグリと強く亀頭に子宮口を押しつけてきたりもした。積極的に敏感部をペニスに押し当ててきている。

（つい最近までオナニーも知らなかったのに……）

今ではすっかり情欲の虜になっている。

「もっと……もっと……んんんっ……ふっく……んふううっ」

本当に必死な様子で腰を動かしていた。

「こん……なの……イクっ！　あっふ……んふうう……私……また……イクっ！　はぁは

ぁはぁ……鈴木くん……イッちゃう……あっあっ、イッちゃうよ」

「ああ、いいよ。イキたいならイケばいい！　俺もほら、手伝うからっ!!」

ただされるがままでは満足できない。こちらからも快感を刻みこみたかった。

だから腰を振り始める。伊織の動きに合わせるように、ペニスを突き上げた。

「はっひ！　んひいいい！　深い！　これ、深いぃいい！」

キュッと蜜壺が窄《すぼ》まった。全身を柔らかく温かく、きつい肉壺に抱き締められているかのような感覚だった。すべてが吸い出されるような締めつけだ。それでもまだ射精しない。

「伊織！　伊織っ！　伊織ぃい！」

ずどっじゅ！　どじゅう！　どっじゅどっじゅどっじゅ――どっじゅう！

何度も伊織の名を呼びながら、乳房が激しく上下するほどの勢いで腰を振って振って振りまくった。

＊

「あああ……んっは……あふぁぁあ！　あんっあんっ！　あんんんっ！」

伊織の身体が、膣奥が突き上げられる。ゴリッゴリッと子宮が叩かれる。それが心地いい。堪らなく気持ちがいい。自分のすべてが蕩けてしまいそうなほどに……。

(ちんぽ……いい！　ちんぽ……こんなに気持ちがいいなんて)

肉棒で犯される快感――それしか考えられなくなっていく。

（なんでだろう？　どうしてだろう？）

セックスというのは恋人同士だけがする行為のはずだ。好き合ってもいない人間としていい行為ではない。それは分かっている。分かっているのだ。

だというのに、恋人でもない相手との今の行為を心の底から受け入れてしまっている。頭の片隅でこれはおかしい、こんなの間違っていると理解してはいる。しかし、やめることができない。

「すず……きくん……もっと……もっと突いて！　もっと……あっあっ……んんんっ」

それどころか更なる責めを求めてしまう。

「くううう！　伊織ぃ」

それに応えるように、鈴木の抽挿は大きなものに変わっていく。腰の動きをより激しいものに変えつつ、一突きごとに亀頭を更に膨張させてきた。

「大きくなってる！　それに……どんどん深いところまで……これ、違うっ！　はぁあ！　全然……んひんっ！　全然違うっ‼」

「何が？　何と違うの？」

「そ……れは……んふぅう！　オナニー！　自分で、んんん！　自分の指でグチュグチュっておま○こ弄る時と……全然、ち……がうのぉおお！」

オナニーのことを話すなんてあり得ない。恥ずかしすぎることだから……。

なのに、鈴木に尋ねられると拒否できない。素直に応えてしまっていた。

「どっち？　どっちがいい？　オナニーと俺とのセックス……どっちがいい？」

「それは……それはぁああ！」

考えるまでもないことだった。

「こっち！　こっちがいい！　セックスが……いいっ！　指より……ちんぽの方が……ずっと……んんん！　ずっと気持ちいい！　凄くいいの！　好きっ！　私……ちんぽ……好きぃいいいっ！」

膣壁越しにはっきり肉棒の形が分かるくらいに、きつくペニスを締めつけた。

「チンポだけ？　好きなのはそれだけ？　俺のことだって好きでしょ？」

「そ……れは……それはぁああ」

鈴木のことが好き？　それはない。だって鈴木はただのクラスメイトでしかないから。友達ですらないと思う。

けれどどうしてだろう？　好きだと尋ねられると、なんだか愛おしさのようなものを感じてしまう。組み敷いている鈴木の顔を見ると、心臓がドキドキと高鳴っていくのを感じた。

「す……好き……んんんっ！　好き！　多分……鈴木くんのこと……私……好き……だと……思うっ！　すっき、好き好き――好きぃいい！」

好きと口にする。するとそれだけでより快感が増幅していった。脳髄さえも蕩けてしまいそうなほどの快感と言うべきか……。そんな愉悦に流されるように好きだと口にする。好きだと何度も繰り返す。

「好きだから……鈴木くんのこと……すっき、だから……イクっ！　私……もう……はぁああ……我慢無理！　無理なの！　だから……だからね……出して！　また、膣中《なか》に……沢山ドクドク……お願いっ！」

「ああ、行くよ！　出すよっ！」

「来て！　来てぇええ！」

欲しい。熱い汁が欲しい。早く膣中《なか》をもっともっと満たして——想いのままに腰を押しつける。応じるようにドジュウウゥッと鈴木も更に腰を突き上げてくれた。

「んひぃいいっ♥」

強烈な刺激が走る。グニャリッと視界が歪んだ。

同時に射精が始まる。これで一体何度目になるかも分からない射精が……。しかし、流し込まれるその量は、これまで以上と言っても過言ではないほどのものだった。

どっびゅ！　ぶびゅっ！　どっびゅううううううううっ‼

「はひいい！　出てる！　あああ、でって——イクっ♥　あああ、イックく……イクイク——イックぅううう♥」

ただひたすら気持ちがいい。心地いい。

「あ～～～♥　好きっ！　これ、好きぃいい♥　あっあっあっあっ――はふぁあああ」

膣中《なか》でドクドクと痙攣する肉棒。それにシンクロするように全身を痙攣させながら、ただひたすら歓喜の悲鳴を響かせ続けた。

「んっは……はふぁあああ……あっあっあっ……はぁあああ……♥」

やがて身体中から力が抜けていく。とても心地いい脱力感に全身が包み込まれていた。

「気持ちよかった？」

囁くように鈴木が問いかけてくる。

「うん……凄く……よかったぁあ♥」

ニッコリと微笑んでみせた。

「そっか、なら最後に……キス……して……」

「き……す……」

鈴木の唇を見る。

なんだか喉が渇いた。同時に唇を重ねたいという想いが膨れ上がってくる。

「……うん」

頷くと共にゆっくりと唇に唇を寄せていった。

「いや、待った」

だが、口唇同士が繋がり合う直前で、鈴木が静止してきた。

「……？」

よく分からず首を傾げる。

「ごめん……やっぱりキスはやめておこう」

そんな伊織に対し、どこか申し訳なさそうな表情で鈴木はそう告げてくるのだった。

「そう？　分かった……それじゃあ、その代わりに」

身体を倒す。鈴木の身体に自分の肢体を預けるように、ギュッと彼の身体を抱き締めた。

鈴木の胸板に乳房を強く押し当てる。グニュッと簡単に柔肉は形を変えた。

伝わってくる。鈴木の体温が……。

(気持ちいい)

身体が密着し合う感覚がとても心地良かった。

「……好き♥」

そんな感触への想いを静かに口にすると共に、伊織は全身を包む虚脱感に身を任せるように瞳を閉じると、そのまま眠りにつくのだった。

「ん？　あれ……寝てた？」

目を覚ます。

場所は教室だ。どうやら自分の席で眠ってしまっていたらしい。

（テストのデキが悪すぎて……それがショックで寝ちゃった？）

なんてことを考える。

（あれ？）

そこで気付いた。

テストが終わった直後は凄く辛かったのに、今はスッキリしていることに……。辛さだって忘れられる。また次頑張ればいい。そう思える。

（そういえば、最近夢を見るとこんな風にスッキリできてることが多い気がする。でも、夢の内容は思い出せない。なんだかぼやーっとした記憶だけで……）

一体どんな夢を見ていたのだろう？

何か大切なことのような気がする。

（気になるなぁ）

思い出さなければいけないことのような気がした。

しかし、必死に考えても夢の内容は思い出せない。

「でも、まぁ……スッキリして気分いいし、今日は勉強が捗りそう」

久しぶりに集中できそうな気がする。

（こんな風にスッキリできるのなら――）

「また夢、見ないかな♪」

そんな言葉を呟きながら、帰り支度をし、伊織は教室を後にするのだった。

四章　すべてを自分の色に染めたい

夢を見た後はスッキリすることができる。

けれど、それは逆に、夢を見なければずっともどかしさを感じることになるということを、意味してしまっていた。

（駄目……やっぱり集中できない）

自室で勉強しようとしても、やはり意識が散漫になってしまう。ジンジンとした秘部の疼きをどうしても感じてしまう自分がいた。それを抑え込むために自慰をする。幾度も幾度も、しかし、どうしても指では物足りなさを感じてしまうのだ。

だから、ついに買ってしまった。

（これが……）

どうすれば満足できるオナニーができるのか？　それをネットで調べた際、道具を使うという選択肢を知った。ローターやバイブなど、色々な女性用の性玩具があることを……。

しかもそれらは案外簡単に通販サイトで入手することができた。

自室だというのにキョロキョロと周囲を確認しながら、箱を開ける。入っていたのはバイブだ。シリコン製で色はピンク色——少し可愛らしいデザインのような気もするが、どこか生々しさも感じさせるものだ。

(私がこんなものを買うなんて……)

学生の本分は勉強である。こんなことに現を抜かしている暇などない。自分のことをいい子だと思ってくれている両親を裏切っているような気分にさえなってしまう。それでもこれは必要なことなのだ。スッキリしなければ成績は絶対に落ちてしまう。それこそ両親に対して申し訳が立たない。

(仕方ない。これは仕方がないの)

自分に言い聞かせながら、スカートの中に手を入れてショーツを脱ぎ捨てると、両脚を開いた。その上でバイブを手に取ると、既に口を開き始めている膣口に先端部を密着させた。まだ何もしていないというのに表面は愛液で濡れている。バイブが触れた途端、グチュリッという淫靡な音色が聞こえてきた。同時に無機物特有の冷たい感触が伝わってくる。

「あひんっ」

自然と肢体がビクンッと震えた。触れ合っただけだというのに、身体が明らかに快感としか言いようがない感覚を覚えてしまっている。

(どうしてこんなことに……)

以前とはまるで違う。自分の身体のはずなのに、自分のものではなくなってしまったかのような気分だった。なんだか悲しくなってくる。

ただ、それでも快感を求める心は鎮まらない。それどころかより肥大化していく。

肉体でもそれを訴えるように、ヒダヒダが蠢き、密着しているバイブに絡みついた。早くこれを挿入《い》れたいと肉体が訴えている。そうした求めに抗うことなく、伊織はジュブジュブと秘部にバイブを挿入していった。

「ふっく……あっ……んっ……はぁああ、んっんっんっ……はふぅう」

(挿入《はい》って……くる。ズブズブって、ふぅうう……広げられてく。私のおま○こが……。これ、やっぱり違う。指と全然……違う)

指よりも遥かに太い性玩具によって蜜壺が拡張されていく。秘部の形が変えられていくような感覚だ。圧迫感が走り、少し息も詰まった。苦しささえ感じてしまう。だが、それ以上に愉悦を覚えてしまう自分もいた。

ぽっかりと身体に空いた穴――それが満たされていくような充足感が心地いい。

「あ……ふぅう……あっあっ……い、いいっ」

無意識のうちに歓喜を訴える言葉まで口にしてしまった。

愉悦に流されるように挿入を続ける。やがて、バイブの先端部がコツンッと子宮口に当たるのが分かった。

(挿入《はい》ってる……奥まで……。んんっ、これ、思った以上に気持ちいい……かも)

性玩具を挿入した膣口から、ジュワアアッと愛液が更に溢れ出ていく。膣中《なか》に異物を感じているだけで、身体中から自然と力が抜けていくのを感じた。これだけでも十分すぎるほどに身体は歓喜している。

だが、本番はここからだ。

（えっと、これが……スイッチ）

バイブに付属していたリモコンのボタンを操作する。

ヴィイイイイイッ!!

「んふううっ！　あっは、ふはぁあ！　あっあっあっ……んんんっ」

途端にバイブが動き出した。

（あああ……すっご、これ、ふくぅう……スゴイ。バイブ……スゴイっ！）

振動がダイレクトに膣壁や子宮口に伝わってくる。全身が震わされているような感覚だ。

それを感じた途端、グニャリッと視界が歪むほどに肉悦が膨れ上がった。

「はっふ……ンッ！　あっあっ……あっはぁあ！　あっあっあっ」

嬌声を抑えることができない。

ビクッビクッビクッと肢体を震わせながら、ともすれば部屋の外にまで漏れ出てしまいそうなほどの声をあげてしまう。

（これ、思った以上。これはダメ。なんか……怖い。怖いから、スイッチ……止めないと。でも、だけど……だけどぉお）

頭の中まで振動させられているようだ。思考が蕩けていく。そうした快楽に恐ろしささえ感じてしまう自分がいた。止めた方がいいと理性が警告を発してくる。しかし、止められない。抗いがたい快感を中断させるなんてことはできなかった。

それどころか本能に流されるように抽挿まで開始してしまう。

じゅっず、じゅずっぽ！　じゅっぽ！　じゅぽっじゅぽっじゅぽっ――じゅぽぉ！

「あんん！　はっふ……くふぅう！　こっれ、感じる。すごっく、感じる！　あっあっ……んふあっ！　はふぁああ！」

振動するバイブで肉壺をかき混ぜる。膣中《なか》の敏感部に自分の手でバイブを強く押しつける。そのたびに視界が明滅するほどの性感が全身を駆け抜けていった。

（いい……本当に、これ、想像以上！　感じて、感じすぎて……私……わた、しぃい！　イクっ！　簡単にイクッ！　はぁああ、いっくの、イッちゃ……うのぉお！）

絶頂感がわき上がってくる。増幅してくる快楽の奔流《ほんりゅう》――押さえ込むことなどできそうにない。流されるがままに――

「あっは……んはぁああ！　あっあっ――はぁあああ！」

伊織は絶頂に至った。

これ以上ないというくらい奥にまでバイブを突っ込んだ状態で、背筋を反らし、腰を僅かに浮かせる。ギュウウッと異物を蜜壺全体で締めつけながら、ビュビュビュッと秘部か

ら愛液を飛び散らせた。

「はぁあぁ……んっは……はふぁあぁあぁ……はぁ……はぁ……はぁあぁあぁ……」

床に自身の体液で染みができてしまう。しかし、それを気にする余裕などない。

ヒクッヒクッヒクッと何度も肢体を震わせ、蕩けきった絶頂顔を晒しながら、何度となく伊織は肩で息をするのだった。

＊

「そっか、バイブを使ってオナニーしてるんだ」

学校の休み時間――資料室にて、鈴木は伊織と二人きりで会っていた。ここ最近、伊織の様子がおかしかったので、その理由を問うためである。催眠状態にある伊織は、鈴木の問いに対し素直に「身体が昂って勉強に集中できない」と教えてくれた。

そして、昂った時はどうしているのか尋ねたところ、オナニーをしていると、バイブを使っていると、教えてくれた。

「それで、バイブを使えばスッキリできた？」

「……その時は、イッた瞬間だけはスッキリできました」

「イッた瞬間だけ？　じゃあその後は？」

「またすぐ……身体は昂って、もどかしさを感じることになってしまいました。よく覚えていないけど、夢を見た後はしばらく――一日くらいはスッキリできるのだけど、オナニ

――じゃそれはできない」

「そっかそっか……」

自分に犯されなければスッキリできない――伊織の言葉はそれを意味している。なんだか伊織に自分が求められているような気がしてとても嬉しかった。そしてその喜びが、更なる性欲に変わっていく。伊織をもっと自分の色に染めたい。などということをどうしても考えてしまう。

伊織の全部を自分の色に……。

「ねぇ、高梨さん……その感覚を鎮めたい？」

「……はい」

「抑える手段があるって言ったら知りたい？」

「知りたいです」

「そっか、それじゃあ教えてあげる。高梨さんに薬をあげるね」

そう告げた。

「……薬？」

「そう、しばらくの間高梨さんの昂りを抑えることができる薬だよ。飲みたいでしょ？」

「飲みたい」

素直に伊織は頷く。

「よし、じゃあ……」

微笑むと、鈴木は穿いているズボンを脱ぎ捨てた。途端にビョンッと跳ねるような勢いで肉棒が露わになる。

「おちんちん？」

「そう、おちんちん……これを舐めてもらう。フェラチオだ。薬は俺の精液なんだ。ゴクゴクって飲んでもらえば、それだけでしばらくは抑えられる」

「精液が……薬……」

「うん。だから、高梨さんの口で……して」

これは必要なことだから――耳元で囁きかける。

「フェラチオの方法はもう知ってるよね？」

「……大丈夫」

催眠下にある伊織はこちらの言葉を疑うことなく受け入れ、素直に鈴木の前に跪くと、躊躇することなく肉棒に唇を寄せてきた。

「んっちゅ……ふちゅっ」

そのまま肉先にキスをしてくる。前にも口奉仕をさせたからか、その動きはスムーズなものだった。

「ちゅっちゅっちゅっ……んっちゅ……ちゅう」

口付けは一度だけではない。肉槍を啄《ついば》むように何度も唇を密着させてくる。口唇が肉槍に触れるたびに伝わってくる唇の柔らかな感触が心地良くて、自然とペニスはビクッビクッと激しく震えた。

そうした肉棒の反応を観察しつつ、伊織は舌を伸ばしてきた。亀頭にチュロッと這わせてくる。もちろんただ触れるだけで終わりではない。そのままレロレロと亀頭部を舐り始めた。

「れろっ、ふちゅれろ……んちゅれろぉ……ちゅっろ……れっりゅろ……ふりゅっ……はっちゅ……んちゅううっ」

亀頭だけではない。カリ首や、裏筋、陰嚢も濃厚に舐め回してくる。ペニス全体がすぐに唾液塗れに変わるほどに淫靡な奉仕だった。

「おちんちん……ちんぽ……ぐちょぐちょ……。はぁああ……最初より大きくなってる。でも、もっと……薬……精液……ドクドクしてもらわないと……だから……」

熱に浮かされたような表情でボーッと呟きながら「んあっ」と伊織はその小さな口を限界まで開くと、ガチガチに勃起した肉棒を咥え込んできた。

「くっ！　うあぁあ！」

肉棒が口腔に包み込まれる。ペニス全体に伊織の口が絡んでくるような感触が堪らなく心地いい。思わず声をあげてしまう。

「ひもち……いい？」

そうしたこちらの反応を、伊織が上目遣いで観察してきた。

「ああ、滅茶苦茶気持ちいい」

「しょう……なら、よかっは……。れも、もっろ、もっろ気持ちよく……なっれ」

などとペニスを咥えたまま口にしてきたかと思うと――

「んっじゅぼ……ふじゅぼっ！　じゅっぽ！　んじゅっぽ！　ちゅぽっ！　じゅっぽじゅっぽじゅっぽ――んじゅぼぉお」

頭を振って肉棒全体を口腔で扱き始めた。口唇で肉茎を擦りつつ、喉奥でキュッと亀頭を絞めてくる。かと思うと舌を絡ませ、カリ首をなぞるなんて行為までしてきた。その上で頬を窄めると――

「んっじゅるる、ふじゅるる……じゅっぞ……じゅぞぞぞぉ……」

下品な音色が響いてしまうことも厭わず、吸引なんてことまで……。

「それ、凄い！　凄いぞ！　くっ！　ふぁあああ」

奉仕の激しさに比例するように快感も大きくなる。腰が抜けてしまいそうなレベルの性感にガクガクと膝を震わせながら、歓喜の悲鳴を響かせた。

「んふうう……おおひく……くひの中れ……ちんぽ……もっろ大きくなっへきた。こりぇ……んっじゅる……ふじゅるぅ……んっふ……ふー♥　ふー♥　んふぅう♥　もう射精

「……はっちゅ、むちゅう……射精し、ひょうなの？」

　何度も身体を重ねてきたからだろうか？　射精が近いことに伊織が気付く。

「ああ、もう出そう。イキそうだ」

「しょう……なら、このまま……」

「いや、駄目だ。まだ出さない。このままじゃ駄目だ」

　射精したい。早く精液を出したい——本能が訴えてきている。しかし、そうした想いを必死に抑え込んだ。

「ろうひて？」

「どうって……射精《だ》す前に、もっともっと伊織にエッチな奉仕をして欲しいから」

「もっろ？　ろんな……ほうひ？」

「簡単なことだ。口でするだけじゃなくて、その胸でも……おっぱいでもして欲しい。伊織のおっぱいで、俺のちんこを感じさせて」

「おっぱひ？　しょれって……ぱい……じゅり？」

　少し前まではオナニーさえ伊織は知らなかった。けれど今では教えたわけでもないのに既にパイズリまで知っているらしい。多分身体の昂りを抑えるために色々エッチな知識を覚えた際に知ったのだろう。

　そんな風に自分が伊織を変えた——そう考えると多少の罪悪感を覚えてしまう。だが、それ以上に喜びも感じてしまう自分がいた。伊織が自分の色に染まっているような気がしたから……。

「そうだ。知ってるなら、教えなくてもできるよな？」

「……わ、かった」

逆らうことなく頷くと、伊織は一度肉棒をジュボンッと口から引き抜いた。口唇と亀頭の間に唾液の糸が何本も伸び、伊織の顎が唾液や先走り汁でグショグショに濡れる。見ているだけで射精してしまいそうになる光景だ。それでも我慢する。もっとエッチなことを伊織にこれからしてもらえるのだ。

鈴木のそうした期待に応えるように、伊織は躊躇なく制服ブラウスのボタンを外した。露わになったブラもすぐに脱ぎ捨てる。プルンッと弾むように、丸みを帯びた柔らかさと張りが両立した乳房が剥き出しになる。ぷっくりと膨らんだ乳輪と乳首は、何度見ても興奮を誘う妖艶さだった。思わずゴクッと唾を飲む。

「それじゃあ……いきます」

ゆっくりと唾液塗れでヌラヌラになった肉棒に乳房を寄せてきた。

「んっ……あふんっ」

グッチュと乳房で肉棒を挟み込んでくる。

「お……くっ！　すげっ」

柔らかく生温かな肉にペニスが包み込まれる。まるでマシュマロの海に全身が沈み込んでいくかのような刺激だった。腰から下の感覚がなくなりそうなほどに心地いい。挟み込まれただけだというのに、肉棒は激しくビクビクと痙攣した。

「んんんっ……跳ね回ってる。私の胸の中で……ちんぽがビクビクッて……。そんなに気持ちいい？」

「ああ、滅茶苦茶いい。最高だ」

「そう……よかった」

本当に嬉しそうに伊織は笑う。自分が感じていることを心の底から喜んでくれているかのような笑顔だった。

「でも、まだ……もっと、本番はここから」

そのまま伊織は自分の胸に手を添えると、ゆっくり乳房を上下に蠢かし始めた。

「んっふ……んっんっんっんっんっんっ」

熱感が籠もった吐息を鼻から漏らしながら、乳房全体で肉棒全体を擦り上げてくる。カリ首を、肉茎を、根元部分を、幾度となく扱き上げてきた。

膣のキツさとは違う柔らかくも絡みついてくるような感触が堪らなく心地いい。ペニスすべてが乳房の中に蕩けていくような感覚だった。

「これ、凄い……。想像以上だ。すぐにでも出ちゃいそうだよ」

精液が……
薬……
そうしばらくの間
高梨さんの昂りを
抑えることができる薬だよ
飲みたいでしょ？
はい……♥
コクン
ドキドキ
おちんぽ…
スルッ
んっ♥
ぐぽっ
ぐぷっ
はあっ♥
おいし…っ♥♥
くちゅっ
くちっ
ぬるん…
♥♥
ぽ～
じゅるっ
ちゅるっ

んむぅ♥
じゅぽっ♥
あはっ♥
ビクッ
ゴリュッ
ん♥
ぬぷっ ぬぷっ
はぁあっ♥♥
おいひい…
すき…♥
うずうず♥
くちゅくちゅ♥
うず♥
ぷはっ♥

でもまだ……
もっと♥
本番はここから……♥
はっ♥
はーっ♥
はぁっ♥
はっ♥
むにゅ♥

その言葉を証明するように、亀頭を更に膨れ上がらせる。今にも破裂しそうなほどに肉先はパンパンになった。

「あ、駄目……それは……薬っ」

こちらの言葉に伊織は焦るような表情を浮かべたかと思うと、胸の谷間から顔を出す亀頭に唇を寄せてきた。そのまま肉茎を乳房で挟んだ状態で、肉先を「んっも」と咥える。しかも、ただ口の中に入れるだけでは終わらない。

「んっじゅ、ふじゅっ……じゅっじゅっ……むじゅううっ」

当然のように吸引も行ってくる。乳房で肉茎を締め、擦りつつの吸い上げだ。思考さえも簡単に吹き飛んでしまいそうなレベルで気持ちがいい。濁流《だくりゅう》のように快感が流れ込んできた。あまりに気持ちがよすぎる。最早射精衝動を抑え込むことなどできそうにない。

「で、出る！　もうっ！」

「ら……ひて……たくひゃんらひて……んっじゅ……ちゅずず……んっじゅるるるぅ！　わらひに……飲ませて……しぇーえき……おくしゅり……おにぇがひ」

「あ、ああ……イクよ！　射精《だ》すよ！　飲んで……全部！　全部！　うぁぁあ！　くぁあああああっ！」

我慢できるわけがなかった。

どっびゅば！　ぶびゅううっ！　どびゅっどびゅっどびゅっ――どびゅるるるる！

「んんんっ！　もっぷ、むぶううううっ！」

視界が真っ白に染まるほどの快感に、ペニスだけではなく全身を痙攣させながら多量の白濁液を撃ち放つ。その量は自分でも驚いてしまうくらいだ。一瞬で伊織の小さな口腔なんかいっぱいになってしまうほどである。

それだけの射精に驚いたように伊織は瞳を見開いた。

それでも肉棒を離しはしない。咥え続ける。それどころかもっと出してというように、最後の一滴まで射精してと訴えるように、ひたすら肉棒を啜り続けてきた。

「あああ、くっ……すげぇ……」

そんな快感に溺れる。ただひたすら射精を続けた。

「んっふ……ほふう……くひの中……しぇーえきれ、いっぱひ」

やがて射精が終わる。伊織の口腔はその言葉通り、精液で満たされているのだろう。

「さぁ、どうすればいいか……分かるな？」

未だに肉棒を咥えたままの伊織に問う。すると彼女はコクッと頷くと――

「んっぎゅ……ごきゅうっ！　んぎゅうっ……んっんっんっんっ――んふぅうう♥　んげっほ、げほっげほっ……んんんっ……むふぅうう」

幾度も咳き込みつつも、決して吐き出すことなく、すべての精液を飲み干してくれた。

「はふぁあああ……じぇんぶ……のみ、まひた……けぷぅう……」

「そうかそうか、よくやったな」

やはりペニスを咥えたままの伊織の頭を優しく撫でる。

「あ……ごひほう……しゃまれひたぁ……♥」

それに対し、うっとりと伊織は笑みを浮かべるのだった。


その次の休み時間、鈴木は再び伊織を資料室に連れてきていた。

「どうだった？　薬のお陰で授業に集中できたでしょ？」

伊織に効果を尋ねる。

「はい……薬、効果ありました」

嬉しそうに彼女は笑った。

「そっか、それならよかった。でも、あの薬の効果はそれほど長くは保《も》たない。一時間授業を受けたらそれで終わりだ。だから、分かるよね？」

自分が何をすべきかが……。

「はい。分かってます」

はっきり何をしろとは告げない。しかし、コクッと伊織は頷くと、そうすることが当然とでも言うように鈴木の前に跪くと、躊躇うことなくこちらのズボンを脱がせ、肉棒を剥き出しにしてきた。

もちろん、ペニスを露わにするだけでは終わらない。

「また……沢山飲ませてください」

という言葉と共に――

「んっも……もふぅう……んっじゅ……もじゅうう」

肉棒を咥え込んできた。


そうした行為を休み時間になるたびに……。

「ンッジュボッ！　ちゅぼぉっ！　んじゅっぽ！　じゅぼっじゅぼっ……ちゅぼぉ」

「んふうう……らひて、たくひゃん……おにぇがひしましゅ……んじゅるるる。むっじゅるるるるぅ」

「んふうう！　ぼっぼっ！　んごっきゅ……ふごきゅうっ……んっぎゅ……んっんっんっんっ――んふぅうう」

「まら、れる……はぁあ……んんんっ！　むふぅうう……。ゴクゴク……んはぁあ……おにゃか……しぇーえきれ、タプタプに……なりゅうう」

何度も何度も何度も何度も――ひたすら伊織に白濁液を飲ませ続けた。

口腔を精液で満たされた状態で授業を受ける伊織。彼女が口を開いた時の匂いは、鈴木の精臭が混ざったものに変わっている。普段通りの澄ました顔で授業を受けていても、身体の中は精液塗れだ。

それはまるで、伊織の胃の中まで自分のものにしているかのような感覚だった。

だからだろうか？　気がつけば鈴木は――

（全部を……高梨さんの……伊織の全部を俺の色に染めたい。誰のものでもない。俺のものに……）

などということを思うようになっていた。

膣に、口に精液を流し込む――それだけでは満足できない。伊織のすべてに自身の白濁液を注ぎ込みたかった。

だから――


「あれは持ってきた？」

資料室にて伊織に尋ねる。

「えっと……はい。これで……いいんですよね？」

伊織は少し恥ずかしそうな表情を浮かべながらソレ――ピンク色のバイブを取り出し、鈴木に見せてくれた。

（これが伊織が使ってるバイブ）

シリコン製の性玩具――これを秘部に突き込み、伊織は自身を慰めていた。そう考えるとなんだかとても淫靡なものに見えてくる。ムワッとした伊織の牝の匂いが沸き立っているようにさえ見えた。

「でも、なんでこれを？」

伊織は不思議そうに首を傾げる。

「今日の薬は坐薬だからだよ」

疑問に対してそんな答えを返した。

「坐薬？　お尻ってこと……ですか？」

「そう。お尻に精液を流し込むんだ。そうすれば、いつもより効きがよくなる。口で飲むよりも効果を長引かせることができるんだ」

「……なるほど、でも、それとバイブにどんな関係が？」

「答えはすぐに分かるよ。でも、その前にまずは坐薬だ。お尻に薬を入れる。そのために床に四つん這いになるんだ。俺にお尻を突き出して」

命令を下す。

「四つん這い……こうですか？」

素直に伊織はその場にて四つん這いになった。命令通り尻を突き出すような体勢だ。

「これ、少し恥ずかしい」

頬を僅かに赤く染める。その様が可愛らしい。

「薬のためには必要なことだから我慢するんだ」

そう伝えつつ、ゆっくりと制服スカートを捲り上げた。途端にストッキングに隠されたプリッと張りのある尻が剥き出しになる。少し大きめのヒップだ。桃のように美しい曲線を描く有様が本当に美しい。見ているだけでも下腹部が熱くなり、ペニスが勃起してしまう。

そうした興奮を抑え込みつつ、ストッキングに手をかけ、脱がした。今度は黒色のショーツが露わになる。少し大人びたデザインの下着が伊織にはよく似合っている。そんなショーツに掌を這わせると、ゆっくり尻を撫で回した。

「んっ……くっ……ふうっ」

何度も愛撫し、快感を刻み続けてきたお陰で、伊織の身体は本当に敏感になっている。ただ尻を撫でただけだというのに、どこか心地良さそうな吐息を漏らすと共に、ビクビクと肢体を震わせた。

「気持ちいいんだ」

「……それは……その……はい……。少し撫でられただけでもなんか、身体がジンジンして、気持ちいい……です」

「そっかそっか……。でも、これくらいで満足しないでよ。これからもっともっと凄いのを教えてあげるから」

囁きつつ、ショーツも剥ぎ取る。白いヒップを剥き出しにした。

呼吸に合わせてゆっくりと動く尻。直接臀部《でんぶ》に掌を這わせる。尻肉が手に吸い付いてくるような感覚が実に心地いい。

「掌……あったかい」

うっとりとするようなトーンでその言葉を伊織が漏らした。

耳にするだけで先走り汁が溢れ出すような言葉である。欲望の赴くままに肉棒をこの身体に突き立てたいとさえ思ってしまった。しかし、そうした本能を抑え込み、伊織の尻を左右に開いた。

それによって肛門が露わになる。白い周囲と比べると、僅かに色素が濃い尻の穴が……。

「見えてるよ。お尻の穴……」

「や……あんまり見ないでください……。恥ずかしい」

「そう言われても駄目。今日はこれからここに薬を流し込むんだから。そのために、まずはお尻をほぐすね」

見ないでと言われても視線を外すつもりはない。

いや、それどころか、尻の穴に唇を寄せていくと、排泄器官だろうが気にすることなく、チュッとキスをした。

「んひっ！」

ビクンッとまるで電流でも流されたみたいに伊織が全身を震わせる。

「な、そこ……お尻！　汚い！　汚いから駄目ですっ‼」

「大丈夫。伊織の身体に汚いところなんかないから……」

本心からの言葉だ。伊織の身体ならどこだって綺麗。たとえそこが尻であってもだ。

そうした想いを伝えるように、肛門に対して何度も口付けする。少しだけ濃い匂いを嗅ぎつつ、繰り返しチュッチュッチュッと口唇を密着させた。

「あっ……んっふ、あっあっ……はぁあああ」

そうしたキスに伊織は敏感に反応する。口付けのたびに肢体を震わせながら、どこか甘い響きを含んだ嬌声を漏らしてくれた。

いや、ただ喘ぐだけではない。

肉体でも刺激を訴えるように、秘部をクパアッと開いていく。露わになった肉花弁の表面を愛液で濡らしていった。饐えた発情臭が立ち上り、鼻腔をくすぐってくる。

伊織が見せるそんな反応に、より興奮が高まっていった。

昂りに流されるように、今度は舌を伸ばす。窄まった肛門を舌でなぞるように舐めた。

「ひんんっ！　それ！　あっ！　やっ！　はっひ！　んひんんっ！」

肛門周りが唾液で濡れ、伊織が漏らす甘い悲鳴が、更に熱感籠もったものに変わる。

「気持ちいいでしょ？　こうやってお尻を舐められるのでも感じちゃうでしょ？」

「そ……それは……」

口籠もる。尻で感じているなどとは流石に簡単には答えられないらしい。

「教えて……」

重ねて命じた。隠すことは許さない。

「その……えっと……ふううう……き、気持ち……いい。気持ちいいです」

少し悩むような素振りを見せつつも、コクッと伊織は頷いてくれた。

「そっか、ふふ、それならもっとだよ。もっと感じさせてあげる」

見せて欲しい。尻でも悶え狂う姿を……。

そんな想いのままに更に舌をくねらせる。肛門周りを何度も何度も舌先でなぞり上げていった。

そのお陰だろうか？　やがて尻穴が膣口のようにクパアッと開き始める。まるで内部への侵入を許可するかのように、中まで弄ってと訴えるように……。

そうした伊織の身体の求めに応じる。

舌先をチュプッと肛門に差し込んだ。

「はんん！　くひっ！　な、中……お尻……んんんっ！　それ、お尻の中……」

「そうだよ。お尻の中まで、こうやって綺麗にしてあげる」

挿入だけでは当然終わらない。そのまま舌を蠢かし始めた。腸壁を舐め上げていく。円を描くような動きで、尻穴付近を余すことなく唾液塗れに変えていった。ジュプッジュプッジュプッという淫靡な音色を響かせながら、尻穴をほぐしていく。

「はふぅう……はぁっはぁっはぁっはぁっはぁっはぁ……あはぁあああ……」

刻む愛撫の激しさに比例するように、どんどん伊織の吐息は荒くなっていった。より肛門が大きく開く。それを確認すると共に一度舌を離した。

「——え？」

途端にどこかもの寂しそうな視線を伊織が向けてくる。なんで止めちゃうの？　そう訴えてくるような視線だった。

「そんな目をしなくても大丈夫、ほら、こんなことだってしてあげるから」

もちろん愛撫はこれで終わりではない。

今度は指を肛門に寄せていくと、ジュプウウッと躊躇なく差し込んだ。

「あっ！　んっ……ゆ、指っ！　それ……指っ！」

「ああ、そうだよ。指だ。舌よりも太くて長いもの——それを使ってお尻をもっとほぐしてやるよ。こんな風に」

挿入だけで終わりではもちろんない。本番はここからだった。

じゅっぷ、じゅぷううっ……。じゅっぷじゅっぷじゅっぷじゅっぷ——じゅぷうう！

抽挿を開始する。先程舌でそうしたように——いや、それ以上の激しさで、伊織の肛門をかき混ぜた。

「はっふ……んんんっ！　それ……あっふ、くふっ！　んふう！　指、凄い！　嘘……嘘でしょ？　なんで？　これ、指……あっあっ、指でかき混ぜ、ら……れると……んんん！　お尻、お尻なのに……お尻なのにぃい！」

「気持ちよくなる？　感じちゃう？」

「そう！　気持ちよくなる！　感じ……はぁああ……ちゃうのぉ！」

伊織は快感を否定しない。コクッコクッと何度も首を縦に振った。

「そっか……ふふ、いいよ。その快感に身を任せるんだ。お尻でたっぷり気持ちよくなるんだよ。ほら、ほらっ！」

二本目の指も挿入する。同時に抽挿速度を更に上げた。より深くにまで指を挿し込みつつ、時には強く直壁を押したりもする。

「あああ！　凄い！　それ、凄いっ！」

激しくすればするほど、伊織の嬌声も大きなものに変わっていった。肛門が収縮し、きつく指を締めつけてくる。

「無理……我慢無理……わた、し……お尻……お尻で……もう……お尻で！」

「いいよ！　イケばいい！　見せて！　お尻で伊織がイクところを俺にっ!!」

二本の指で激しく直腸をかき混ぜる。それに合わせてヌルついた腸液が肛門から溢れ出してきた。グッチュグッチュグッチュという淫猥な水音がより大きなものとなる。

「もう……イク！　はぁああ！　私……もうっ！　あっあっあっあっあっ――」

クイッと伊織が自分から尻を上げてきた。それと同時に――

「はっひ！　あひぁああ！　あっあっあっ――あぁあああああ♥♥♥」

伊織は絶頂に至った。

頭をのけぞらせ、首筋を晒す。ギュウウッと強く手を握りながら、全身を打ち震わせた。

秘部からはブシュウウッと愛液を飛び散らせる。

「いい……はぁああ……お尻……いひぃい♥」

窄まる尻穴。まるで指を引き千切ろうとさえしているのではないかと思うほどの締めつけだった。

「あぁあああ……はぁあああ……はぁ……はぁ……はぁあ……」

身体を腕で支え続けることができなくなったのか、ぐったりとした伊織は上半身を床に落とす。ただ下半身だけを突き上げる体勢となった。

そんな姿を見つめながらジュボッと肛門から指を引き抜いた。

「はひんっ」

引き抜きの衝撃で再び伊織は肢体をビクつかせる。

指が抜かれた肛門は、ぱっくり開いたままだった。閉じようとしない。そんな穴からトロトロと腸液が溢れ、流れ落ちていく様が実に卑猥《ひわい》だった。

「お尻、気持ちよかった？」

「は……い……凄く……はふぅうう……凄くよかった……ですぅ……」

うっとりとした顔で、譫言を呟くように頷いてくれる。

「そっか、それならよかった。でも、満足しちゃ駄目だ。本番はここからなんだから」

「ほん……ばん？」

「そうだよ。言ったでしょ。これは坐薬を入れるための準備だってさ」

頷くと共に、ズボンを脱いだ。既に限界以上に膨れ上がっている肉棒を露わにする。

「あ……はぁあああ……」

それを見た伊織がうっとりとした吐息を漏らした。何をするのかもう察しているのだろう。瞳で訴えてくる。「して……挿入《い》れて」と……。

「さぁ、注射するよ。そのためにもっとお尻を開いて……。自分の手で」

更なる命令を下した。

「……はい」

伊織は逆らわない。両手を伸ばして尻を掴むと、自ら左右に引っ張って、より肛門をぱっくりと開いて見せてくれた。

肉穴から溢れ出す腸液の量も増える。まるで全身で早く挿入してと訴えてきているかのような有様だった。

（全部を……伊織の全部を俺のものに）

誰もが恋人にと願っている伊織を完全に自分の色に染め上げる。これほど昂ることはない。よりカウパー汁を分泌させて亀頭をグチョグチョに濡らしつつ、肛門に肉先をグチュリッと這わせた。

「あっひ！　んひんっ！」

伊織の全身が激しく震える。

肛門が蠢き、肉先に吸い付いてきた。

「さぁ、行くよ」

その心地いい感覚に身震いしながら、鈴木は腰を突き出した。

じゅっぷ！　じゅぷうう！

「あっは、んぁああ！　あっあっあっ……あんんんっ」

メリメリと肛門を拡張していく。散々愛撫してほぐしたお陰か、多少のキツさを感じつつも、一気に根元まで肉槍を挿入することができた。

「ふっく……んんん、挿入《はい》ってる。お尻に……ちんぽ……。あっあっ、これ、裂けちゃう。お尻……さけ、ちゃいそう……んんんんっ」

少し伊織は苦しそうだ。

「もしかして痛い？」

苦しめたくはない。するからには自分と同じように気持ちよくなって欲しかった。

「それは……だい、じょうぶ……んんっ、おっきくて、少し苦しいけど、痛みはない……です……。なんかこれ、ジンジン……ふぅう……お腹がジンジンする」

息苦しそうではあるけれど、痛みは感じていないらしい。

そのことに少しホッとしつつ、ペニスを包み込む直腸の感触を堪能する。

（これ、マ○コと結構違うな）

入り口付近はかなりきつい。しかし、内部は膣に比べると緩めだった。とはいえ、気持ちがよくないわけではない。寧ろその逆だ。柔らかく包み込んでくるような感触が最高に気持ちいい。結合部を中心に身体がドロドロに蕩け、伊織と一つに混ざり合っていくような感覚とでも言うべきだろうか？　射精衝動が刺激される。

「……痛くないなら遠慮しない。たっぷり中をかき混ぜる。高梨さんのお尻に快感を刻んであげるね」

膨れ上がってくる肉悦に抗うことなどできない。

じゅっず, ずじゅっぶ！　どっじゅ……ずじゅううっ！

「んっひ、あっ！　はひっ！　んんんっ！　あっあっあっあっ！　はぁあああ！」

衝動のままにピストンを開始する。既にいつ射精してしまってもおかしくないほどに昂りきった肉槍で、直腸をかき混ぜ始めた。

「うご……いてる！　くっふ……んふぅう！　あっは……ふはぁあ……。あああ、これ……んっひ！　はひんっ！　お尻……はぁっはぁっ……はぁあああ……お尻な、のに……なんか、変。私……お尻、おし……りで……」

「気持ちよくなってる？　感じちゃってる？」

「それは……それはぁああ」

「教えて、素直な気持ちを」

耳元に唇を寄せ、囁くように尋ねる。

「……分かんない。分からない……です。でも、なんか……んんんっ！　はっふ、ふぅうう……んっんっんっ……腰を振られると、ズンズンされると……ジンジンが……大きく……なって……くぅう」

疼きが大きくなっていく——その言葉を証明するように、腸液の量が増し、肉棒に絡みついてくるのが分かった。

ヌルついた汁が潤滑剤となる。自然とピストンもスムーズなものとなり、速度が上がり、グラインドもより大きなものに変わっていった。

腸壁を幾度も擦る。同時に肉壁《にくへき》越しに子宮をグリグリと突いたりもしてみせた。

「なんか……これ……当たってる！　あっあっあっ！　すご……い、ところに当たって……

…んんん！　やっ！　声……我慢……無理っ！　なんか……スゴイ……凄く……て……ふんんん！　あっは……はふぁあああ」

漏らす声がどんどん甘くなっていく。

それと共にキュウウウッと肛門がより窄まり、根元部分をきつく締めつけてきた。腸内のヒダヒダが肉茎を締めつけてきているのが分かる。それはまるで肉棒から精液を吸い出そうとしているかのような締めつけだった。

腰が抜けそうなほどの快感が肉棒を通じて流れ込んでくる。当然射精衝動も更に煽り立てられ、根元から肉先に向かって熱いものがわき上がってくるのを感じた。

そんな感覚に逆らうことなく、伊織の張りのあるヒップを両手で掴むと、パンパンパンパンっという音色が響くほどの勢いで腰を激しく叩き付けた。

「あっは、んはぁあ！　あっあっあっあっあっあっ！」

白い尻が赤く染まっていく。

いや、尻だけではなく伊織の全身が紅潮していく。

身体中から汗が溢れ出し、鈴木が責めているのは尻だというのに、ビュッビュッビュッと秘部から愛液まで飛び散り始めた。

「気持ちいいでしょ？　お尻で……感じてるんでしょ？」

もう一度快感を得ているのか問う。

「あぁああ……んっく……はふぅうう……。た、ぶん……あっあっ……多分……そう！　はふうう！　そうです！　そうっ！　わ、たし……あっあっ……感じて……んんんっ！　くひぃっ！　感じてる！　お尻……お尻ズンズンされて……感じちゃって……ますぅ」

今度は首を縦に振ってくれた。

「イキそう……わ……たし……お尻で……ふひんん！　お尻でイキそうになって、あっあっ……なってま、すぅう！　凄くて……ちんぽ……気持ちよくて……我慢……無理！　できない！　このまま……私……このままじゃ……ホント……んんん！　ホントにイクッ！　イッちゃい……ま、すぅう」

絶頂まで訴えてくる。

言葉だけではなく肉体でもそれを証明するように、鈴木が膣奥を突くたびに、より直腸全体を収縮させ、ギュッギュッギュッとリズミカルにペニスを締めつけてきた。

「そっか……そっかぁあ！　いいよ！　イキたいならイケばいい！　俺も出す！　沢山……高梨さんの……伊織に中に沢山出すから！　一緒！　くぅう！　一緒にっ‼」

ラストスパートをかける。

伊織の身体が前後に揺れ動くほどの勢いで、腸奥を叩いて叩いて叩きまくった。一突きごとにペニスを肥大化させていく。

「どんどん……ちんぽ……どんどん大きく……なって……ますっ！　あああ、いいっ！

凄く……いいっ！　これ、好きっ！　お尻……好きっ♥　あっふ……んふぅう！　だ、して！　ドクドク……お願いしま……すぅう！　精液で……熱いので……わた、しを……イカせ……んんん！　イかせてぇ♥」

自分のことを伊織が求めてくれている。

以前は自分のことを伊織が求めてくれている。以前は自分のことなど視界にさえ入れていなかった伊織が射精を求めてくれている。その事実が昂りを更に膨張させる。

「伊織！　イクッ！　出すよ！　伊織！　あああ……伊織ぃいっ!!」

この強烈な射精感に抗えるわけがない。

どじゅううっ！

「はひぃいいっ♥」

強烈な一突きを決める。それと共にグリグリと腸奥を抉るように亀頭で押すと——

どっびゅば！　ぶびゅっ！　どびゅっどびゅっ！　どびゅううっ！

「あああ……んぁあああああっ♥」

直腸に向かってドクドクと白濁液を撃ち放った。

「あっつ、熱いっ！　んんんっ！　すっごく……はふうう！　精液……熱いっ♥　あっ……んんんっ！　イッく……これ……お尻……くひぃいっ♥　お尻で……あっあっ……イクっ！　わた……し、イクッ！　んんん！　イッく……イクぅううっ♥」

瞬間、条件反射のように伊織も絶頂に至る。

「はぁああ……いいっ！　お尻なのに……いいっ♥　あっは……はぁあああ♥♥♥」

脈動するペニスに合わせるようにビクビク肢体を痙攣させながら、甘く蕩けた嬌声を響き渡らせた。

「はふぅう……すご……スゴイぃいい……」

やがて伊織の全身から力が抜けていく。

尻をビクつかせつつ、くったりと伊織は身体から力を抜いた。

「伊織……気持ちよかった？」

彼女が感じていたことはよく分かっている。それでも改めて尋ねた。彼女の口からよかったという言葉を聞きたい。

「凄く……凄く……よかった……」

期待通りの言葉を返してくれる。

「好き……私これ……んんっ……お尻……ちんぽ……好き……♥」

いや、それ以上の言葉を……。

それを聞くだけで、射精直後とは思えないほどに肉棒がまたしても硬く、熱く、滾《たぎ》り始めた。

「あ……これ……大きくなってる。また……ちんぽが……ドクドクって……私の中で……」

「ああ、そうだよ。まだ大きくなる。一度だけで満足なんかできない。だからもっと、もっと流し込むね。伊織のお尻に……」

「は……はい……。来て、来てください。もっと……お薬……お願いします」

キュッと肛門が締まった。肉体でももう一度訴えてくる。

「い、伊織ぃいいいっ！」

それに応えるように、すぐさま腰を振り始めた。

それから何度も――

「はひぃいっ！　また……射精《で》てる！　あっあっ……イクっ！　イクぅっ！」

何度も――

「まだ出る！　まだ……ドクドク……来る！　あっひ……んひぃいい♥」

何度も――

「凄い！　はぁあ……好きっ！　これ……好きぃい♥」

伊織の直腸に射精し、そのたびに彼女を絶頂させた。

その射精量は間違いなく、直腸がパンパンになるほどだった。

「あ……はぁあああ……」

何度もの射精を終え、漸《ようや》く満足した。腰を引き、直腸からペニスを引き抜く。

ジュポンッと肉槍を引き抜いた後の肛門は、ぱっくり開いたままだった。そのせいだろうか？　流し込んだ精液がゴポオッと尻の穴から溢れ出す。

「あ……出る……これ、出ちゃう」

伊織が肢体を戦慄かせた。

「駄目。駄目だよ。それは坐薬……薬なんだ。身体に馴染むまで出しちゃ駄目だ」

「あ……ふっ……んふぅうっ」

慌てた様子で伊織は下腹部に力を込める。キュッと開いていた肛門が窄まった。

「よし、それでいい」

「ふううう……でも、こんなの……長くは……保たない」

かなり辛そうに見える。少しでも力を抜けばすぐにでも精液をすべて排泄してしまいそうなのだろう。

「大丈夫。そのためにこれがある」

そんな彼女に、最初に受け取ったバイブを見せつけた。

「え？　あ……どういう？　まさか……」

「察しがいいね。そう、伊織が思っている通りだよ」

彼女にニッコリ微笑んでみせると、ゆっくり性玩具の先端部を引き締まっている肛門へと近付けていった。

＊

「あっく……んふううぅっ」

今は授業中である。

けれど、伊織はまるで先生が話している内容に意識を向けることができずにいた。

(熱い……お腹の中が……熱い)

直腸に精液が溜まっているのが分かる。それが外に向かって流れ出ようとしているのが分かる。だが、実際出すことはできない。肛門にはバイブが挿し込まれているからだ。それが蓋となり、牡汁を堰き止めていた。

グルグルとお腹の中で熱汁が渦巻いている。

その感覚がもどかしい。早くこれを排泄したいということしか考えられない。

「はぁ……はぁ……はぁ……」

何度も荒い息を吐きながら、前の席に座る鈴木に救いを求めるような視線を向けてしまう。

するとり鈴木はその視線に気付いているかのように、リモコンを使ってバイブのスイッチを入れてきた。

「んんんっ！　あっ……はひんっ！　ふひんんんっ！」

ヴィイイイッと腸内で異物が振動する。腸壁を通じて震えが全身に伝わってきた。途端に視界が歪みそうになるほどの快感が走る。あまりの気持ちよさに、身体が痙攣し、反射的に嬌声まで漏らしそうになってしまった。

しかし、ここは教室で、現在は授業中だ。クラスメイトや先生がいる。そんな中でエッチな声を出すわけにはいかない。必死に抑え込む。

「高梨……どうかしたか？」

だが、異変に気付かれてしまう。

先生が首を傾げてこちらを見てきた。

いや、先生だけではない。クラスメイト達の視線も自分に集まってくる。

「へ？　あ……その……ふっく……んふううう……ふうっふうっ……はふぅうう……な、なんでもないです。大丈夫……です」

未だに腸内でバイブは震えているけれど、流れ込んでくる刺激に抗い、誤魔化すように笑ってみせた。

「そうか？　それなら……じゃあ、この問題、高梨解いてくれ」

「……え」

異変を隠すことはできた。しかし、マズいことになってしまう。

（今……この状態で？）

みんなの前に出て黒板に答えを書かなければならない。それは現状かなり辛い。もう一度救いを求めるような視線を鈴木へと向ける。

が、彼は涼しい表情を浮かべるだけで、バイブのスイッチを切ったりはしてくれなかった。このままの状態で前に出ろということなのだろう。

「……わ、分かり……ました」

頷くしかない。

ゆっくり立ち上がり、黒板へと向かう。

その間もバイブは震え続けている。しかも、振動は一定ではなかった。まるでリズムを刻むかのように、強くなったり弱くなったりする。

「うっく……んふううっ！　ふうっふうっ……はふぅう」

緩急をつけた刺激がより心地良さを刻みこんでくる。同時にお腹の中にたっぷり溜まった精液によって感じる排泄欲求もより肥大化してきた。

身体中が熱くなる。下腹部が疼き、秘部からは愛液が溢れ出した。ショーツやストッキングを穿いているお陰で、垂れ流れるということはない。その代わり、下着はまるでお漏らしでもしたみたいにグショグショになってしまっていた。

そんな状態で教壇に立ち、黒板に問題の解答をカツカツと書き込んでいく。

そうした伊織の後ろ姿をみんなが見てくる。視線が身体に突き刺さる。

（見られてる。今の私をみんなが見てる……。これ、もし……もし気付かれたら……気付かれちゃったら……もう……私……）

学校に来れないどころではない。生きていくことだってきっと辛くなる。最低で最悪な状況だった。

だというのに、みんなの視線を意識すればするほど、更に身体は昂ってしまう。

「あっふ……はぁあ……はぁっはぁっ……んふううっ」

より息が荒くなるのを感じながら、なんとか答えを書き切った。

「うん。正解だ。流石高梨だな。それじゃあ、机に戻っていいぞ」

先生が褒めてくれる。

（よかった……よかったぁああ……）

なんとか気付かれずに終わることができた。

心の底からホッとする。

だが、その瞬間――

ヴィイイイイイイッ‼

「はっく……んひんんんっ」

バイブの振動が大きなものに変わった。

強烈な刺激に思わずその場にしゃがみ込んでしまう。

「高梨っ⁉」

先生が驚いたような表情を浮かべた。いや、先生だけじゃない。クラスメイト達も心配そうにこちらを見ている。

そんなみんなの視線を受けながら――

「す、すみません。やっぱりその……少し体調が悪いです。だから、その……鈴木くん」

鈴木へと視線を向ける。

「分かった。その、俺、保健委員ですから、高梨さんを保健室に」

意図に気付いた鈴木が立ち上がり、先生にそう告げた。


そのまま二人でトイレに入る。

「どうして欲しい？」

トイレの個室で、鈴木がそう尋ねてきた。

「これ……抜いて……。もう、出したい。お腹……限界。だから……お願い……します」

鈴木の問いに答える。

「……お漏らしさせてくださいって言って。精液お尻から出したいですって」

だが、彼はすぐに排泄を許可してくれなかった。更なる指示を下してくる。正直恥ずかしい言葉だ。そんな言葉口に出したくはない。それでも――

「お漏らし……させてください。精液……お、お尻から……ふぅうう……出したい……です」

羞恥に耐えつつその言葉を口にした。それだけもう、限界が近かったから……。

「ふふ、いいよ、それじゃあ下着を脱いで便器に跨がって、お尻をこっちに突き出して」

このトイレは和式だ。

指示されるがままにショーツを脱ぎ捨て、便器に跨がる。

「行くよ」

鈴木の手が肛門から僅かに覗き見えるバイブにかけられた。そのままジュボッと引き抜かれる。

「あっ！　はっ……あぁあああああ！」

途端に散々流し込まれた精液が肛門から溢れ出した。

強烈な解放感が身体中を包み込む。それが心地いい。あまりの心地良さに——

「い……イクっ！　はぁああ……私……イクっ！　イクっ！　あああ……イクぅ♥」

ただの排泄行為でしかないというのに、伊織は絶頂してしまうのだった。

「ああ……はぁあああ」

強烈な性感にただただ歓喜の悲鳴を響かせた。

＊

「う……うう……ううう」

伊織が泣いている。それほどまでに先程の行為が恥ずかしかったのだろう。

その姿を見ていると、酷く胸が痛んだ。

何となく思いつきでしてしまったことだけれど、後悔してしまう。

伊織には傷ついて欲しくない。伊織には笑顔でいて欲しいと——そんな風に思う。

身体を何度も重ねてきたからだろうか？　鈴木の伊織に対する想いはこれまで以上に大きなものになっていた。

そうした想いのままに、伊織の身体を、鈴木はギュッと優しく抱き締めるのだった。

五章　彼女の笑顔

笑顔が見たい。伊織の笑顔を……。

それもただ笑っているところではない。自分に対して微笑んでいる姿が見たい——そう思った。

しかし、思ったところでその願いを叶えるのは難しい。伊織はほとんど笑うことがない少女だからだ。

普段、彼女は常に生真面目な表情を浮かべている。誰と話している時もだ。他者に対して心の深い部分を決して見せてはくれない。どうすればそんな彼女の笑顔を見ることができるのだろうか？　気がつけば鈴木はそんなことばかりを考えるようになっていた。

（アプリを使って笑ってって命令することは簡単だ。でも、そういう手段を使わないで、高梨さんの……伊織の笑顔を見たい）

彼女の心を開きたい。

そう思って、機会があるたびに伊織に話しかけることにしてみた。

提出用のノートを抱えて廊下を歩いている伊織に声をかける。

「あの、高梨さん……それ、手伝うよ」

ノートの量は結構多い。女子が一人で持つのは重いだろう。

「……大丈夫です」

けれど、あっさり拒絶されてしまった。

拒否されたらそれ以上何も言えない。

「あ……そっか……分かった」

引くしかなかった。

放課後、掃除当番で教室に残っていた伊織に「俺も手伝おうか？」と、また手助けを申し出てみる。

「……鈴木くんは当番じゃないでしょ？　だから帰って。これは私の仕事ですから」

やはり受け入れてはもらえなかった。

お昼――

「それ、美味しそうだね」

机で弁当を食べていた伊織に声をかける。少しでも会話のとっかかりになればと思ったからだ。だが、伊織から返ってきたのは「普通です」という一言だけであり、それ以上会話を続けることはできなかった。

完全に交流を拒絶されてしまっている。

結局鈴木が彼女とまともに繋がりを持つことができるのは、催眠をかけている時間だけだった。

（でも、それは俺だけじゃない。伊織の態度は誰に対しても同じだ。だから、根気よく話しかけ続ければきっといつか……）

微笑んでもらえるかも知れない。それが鈴木の希望だった。

そんなある日のことである。

鈴木は朝早くから登校した。

登校時間が早い伊織に合わせての行動である。少しでも彼女と会話をすることができれば――そう思ったからだ。

ガラッと引き戸を開けて、教室に入る。

途端に視界に飛び込んできたのは――

「ふふ……それ、面白いですね」

ずっと見たいと思っていた伊織の笑顔だった。

「だろ？　そう思うよね」

そんな伊織に軽口を向けているのはクラスメイトの山本だった。いつも一人、教室の隅にいる鈴木とは違い、クラスメイト達みんなに人気があるお調子者だ。その山本が伊織の前の席――つまり、鈴木の席に座ってヘラヘラ笑いながら、彼女に冗談めいた話をしている。それを聞く伊織は、どことなく楽しそうな顔だった。

今まで催眠状態にあっても見たことがない表情である。ずっと鈴木が見たいと思っていた顔。それを自分以外の男子に……。

ただただ呆然としてしまう。

「ん？　ああ、おはよ」

すると山本がこちらに気付いた。ヘラヘラとした笑みを向けてくる。

「……おはようございます」

続いて伊織も挨拶してきた。

その表情はいつもと同じものに戻る。挨拶自体も実に他人行儀なものだった。

「お……おはよう」

喉が酷く渇くような感覚を抱きながら、絞り出すように挨拶を返した。

(笑ってた……伊織が俺以外の男子と話して笑ってた……。でも、だけど、それはその……たまたま……そうだ。たまたまだ。だから大丈夫。問題ない。何も問題なんかない)

なんだか早鐘のように心臓がドキドキと鳴ってしまう。

自分のそうした反応を宥めるように、必死に心の中で何も気にすることはないと繰り返し言い聞かせた。

けれど、この日以降、伊織が山本と話す姿をよく見かけるようになった。

あの時のように伊織が笑うことはほとんどない。だが、積極的に話しかけてくる山本を迷惑がっているようには見えなかった。

いや、実際伊織は表情こそほとんど一定だが、これまでだって話しかけてくる相手を迷惑がっていたことはない。だから、山本に対する態度も他の生徒に対するそれと変わることはないのだ。

ただ、それでも焦りを覚えてしまう。一人の男子と伊織が話す姿なんてこれまでほとんど見たことがなかったから……。

「高梨さんって何か趣味とかあるの？」

「普段休日って何してる？　やっぱり勉強？」

「高梨さんの好みのタイプってどんな男子？」

山本はずけずけと伊織に遠慮なく質問を投げかける。それらに伊織も丁寧に答えを返していった。

（……なんであいつ、高梨さんにそんなに）

これまでそんな素振りはまったくなかったのに、どうして急にこんな？　そんな疑問を持たざるを得なかった。

その答えが分かったのは、とある日の放課後のことである。

（今日は確か、伊織は委員会活動だったよな。それじゃあ今日は色々するのはなしかな。とっとと帰ろう）

帰り支度を整え、下駄箱に向かった。

その途中で――

「なぁ山本、最近お前妙に高梨さんに絡んでるけど、急にどうしたんだよ」

という声が聞こえてきた。

思わず足を止める。

山本を含んだ数人の男子が、階段に座ってヘラヘラ話をしていた。

「急にどうって……もちろん、高梨さんを俺のものにするためだっての」

「俺のものって、その言い方なんだか親爺臭いな」

「うるせぇなぁ。別にいいだろ」

「そりゃ、別にいいけどさ。でも、なんで急に？　高梨さんって綺麗だけど、なんか近寄りがたいだろ？　狙ってる男子もそりゃ大勢いるけど、みんなあの雰囲気にやられて近付けないっていうか……。ちょっと怖い感じがするっていうかさぁ……。お前は大丈夫なのかよ？」

「ああ、確かに、それは分かる。でもさ、それでもやっぱり高梨さんを彼女にしたいんだよ。なんていうかさ、最近の高梨さんって前より綺麗になってるし、ちょっと雰囲気……エロいだろ？」

「……それは」

山本と話していた男子は一瞬言葉に詰まった上で「確かに」と頷いた。

「だろ？　あんなエロい感じの子、この学校にはいないぜ。なんかあの姿見てたら我慢できなくなってさ。だから決めたんだよ。絶対ものにしてみせるってな」

「ものにするとかって、だから親爺臭いっての」

ゲラゲラと彼らは笑った。

「でもさ、実際勝算はあるのか？　調子はどうよ？」

「ん～、いけるとは思うかな。なんていうか、高梨さんっていつも一人だろ？　人と話し慣れてないんだよ。だからさ、俺との会話もちょっとは楽しんでくれてる雰囲気があるんだよね。このまま積極的に行き続ければきっといつかは……」

「なるほどなぁ」

ニヤつく山本の言葉に、感心したように他の男子達が頷く。

そんな彼らのやり取りに、鈴木はスウッと頭が冷えていくのを感じた。

(伊織が会話を楽しんでる……)

自分が話しかけた時はそうした素振りはなかったのに……。

(いや、でも、当然といえば当然か……)

鈴木がしていたのはどこまでも事務的な会話でしかない。対する山本がしているのは日常会話だ。あまりに話す内容が違いすぎる。していて楽しいのは間違いなく山本との会話だろう。

（でも、日常会話なんて……）

まず話す内容自体が思い浮かばない。どんな話をすれば伊織は乗ってくるのだろう？　喜んでくれるのだろう？　さっぱり分からない。

「待ってろよ。そのうち彼女として紹介してやるからさ」

山本はどこまでも自信に充ち満ちている。必ず伊織を彼女にできると思っているらしい。想像してしまう。山本と伊織が並んで立っている姿を……。

（イヤだっ！　そんなの絶対イヤだっ!!）

途端に吐き気がわき上がってきた。考えるとそれだけで全身の血が逆流しそうになる。

（駄目だ。それは絶対駄目だ。だって……だって伊織は俺のもの！　そう、俺のものなんだから！　伊織は……伊織は俺の彼女なんだっ!!）

伊織の隣にいることが許されるのは自分だけ。伊織と身体を重ねることができるのは自分だけなんだ。

渡さない。絶対に伊織を他の男に渡したりなんかしない。

（教えなくちゃ……山本に……。伊織が誰のものかってことを……）

ギリッと奥歯を噛みながら、鈴木は強く拳を握り締めた。

翌日の放課後、資料室――

「ん？　あれ……なんで俺、ここに？」

ガラッと戸を開けて山本が入ってきた。

途端に彼は首を傾げる。何故自分がここに来たのか？　それが理解できないとでもいうような表情だった。

「よく来てくれた」

そんな山本に対し、鈴木は笑いかけてみせる。

「お前……鈴木？　え？　どういうことだ？　お前が俺をここに呼んだ？」

「そういうこと。山本に見せたいものがあってね」

やはりわけが分からないといった様子の山本に淡々と語り掛ける。

「お前が俺に見せたいものってなんだ？」

「……すぐに分かる。だから、そこのイスに座って待ってろ」

山本に対して命令を下す。

すると彼は素直にそれに従い、用意しておいたパイプイスにギシッと腰を落とした。

「な？　え？　なんだ？　今……身体が勝手に⁉」

それに対し、山本は驚いたような表情を浮かべる。命じられるがままにイスに座ってしまった自分自身に彼は驚愕《きょうがく》していた。どこか慌てたような様子で立ち上がろうとする。

「おい……なんだこれ？　立ち上がれない」

けれど、動くことができない。

「どういうことだよ？　これ、お前がやったのか⁉　一体なにを？」

山本が声を荒らげてくる。自分の身に何が起きているのかは理解できないが、多分原因は鈴木にあると推測したのだろう。

実際それは正解だ。

山本が資料室に来たのも、イスに座って動けなくなっているのも、すべて鈴木が催眠アプリを使ったからなのだから……。

しかし、それを説明するつもりはない。

「山本……お前はそこでこれから起きることを黙って見ているんだ」

それだけ告げると——

「来て……伊織」

静かに彼女を呼んだ。

「……はい」

頷くと共に、資料室に伊織が入ってくる。虚ろな目をした催眠下にある伊織が……。

「高梨」

山本が伊織の名を呟いた。

　そんな彼を一瞥《いちべつ》することもなく、伊織は鈴木の前に立った。

「どういうことだ？　なんで高梨が……。おい、鈴木！　見せたいものって……なんだよ？」

　改めて山本が尋ねてくる。

「簡単なことだよ。山本……お前、最近伊織にちょっかい出してるみたいだけどさ、それ、迷惑なんだ。だって、伊織は俺の……彼女なんだから」

「……彼女？　高梨がお前の？　はぁああ!?　あり得ないって、冗談だろ」

　山本が笑った。

「冗談なんかじゃない。そうだよね……伊織。伊織は俺の彼女だよね？」

　伊織を真っ直ぐ見つめ、問うた。

「……そう」

　コクンッと伊織は頷く。

「私は彼女……。恋人……鈴木くんの……恋人」

　催眠下にある伊織は、はっきりとそう口にした。

「……嘘だっ！」

　山本が叫ぶ。

「嘘？　なんでそう思う？」

「なんでって……だって高梨、この間俺が彼氏はいるの？　って聞いた時、いないって答えただろ！」

「……そんなことまで」

そのようなことまで山本は伊織に聞いていたらしい。気に入らない。催眠を使うこともなく、伊織とそこまでの会話をしていたことが許せない。

「だからお前らが付き合ってるとか嘘だ。そうだよな高梨？」

ジッと伊織を見つめながら、山本が尋ねる。

「嘘じゃない。本当のことだ。その証拠を見せてやる」

諦めさせなければならない。教えてやらなければならない。伊織が誰のものかということをこれ以上ないくらいにはっきりと……。

「伊織……伊織は俺の彼女だよね？　だから、俺のためならなんだってできるよね？」

「……はい。できます」

「そっか……なら、それなら……」

伊織の唇を見た。

多分何も塗っていないだろうに、とても艶やかで綺麗な唇だ。見ているだけで心臓が高鳴っていく。思わずゴクッと唾を飲みつつ——

「それじゃあ……俺に……」

キスをして――そう伝えようとした。

しかし、言葉が続かない。

これまで伊織とは何度もセックスしてきた。しかし、キスだけはしていない。唇だけはずっと守ってきた。いつか、本当の恋人同士になった時にしたい――そう思ってきたから。

だが、本当の恋人なんていつになったらなれるのか分からない。待ってる間に、山本みたいなやつが現れて伊織を持っていってしまうかも知れない。

(駄目だ。駄目だ！　伊織は俺の！　俺だけのものなんだ!!)

絶対に渡さない。渡せない。

だから――

「キスして……伊織」

絞り出すようにそう命じた。

その命に伊織は「分かりました」と素直に頷くと――

「んっ」

チュッと鈴木の唇に自身の唇を重ねてきた。

伝わってくる。伊織の口唇の感触が……。

思った以上に柔らかい。思った以上に温かい。

(これが……キス。これが伊織との……キス)

ただ唇と唇を重ねただけでしかない。だというのに、なんだか全身から力が抜けてしまいそうになる心地良さを感じた。身体だけではなく心まで満たされていくような感覚とでも言うべきだろうか？　想像以上に気持ちがいい。この感覚をもっと味わいたいと思ってしまう。より深い口付けをしたいと思ってしまう。

そんな欲望に抗うことなどできない。

（もっと、もっとだ！　もっと！）

膨れ上がる想いに後押しされるように、伊織の身体を自分からギュッと抱き締めると

――

「んっ……はっふ……んっ……んっちゅ……ふちゅっ……ちゅっちゅちゅっ」

自分からもキスをした。それも一度だけじゃない。何度も何度も、口唇を啄むように口付けを繰り返す。その上で、ただ口唇同士を重ねるだけでは満足できないとでもいうように、本能のまま伊織の口腔に舌を差し込んだ。

「んっちゅろ……むちゅろっ……んっんんっ……んんんんっ」

伊織の舌に自身の舌を絡みつける。より強く口唇を押しつけると、ジュルジュルという下品な音色が響いてしまうほどの勢いで、口腔を激しく啜り上げた。

「んっふ……はふっ……んんんっ……ちゅっろ、んちゅっろ、ふちゅろぉ」

グチュグチュという卑猥な水音を響き渡らせる。ただ舌同士を絡めるだけではなく、伊

織の歯の一本一本を舌先でなぞったり、口唇を甘噛《あまが》みしながら強く啜り上げたりもした。そんな行為一つ一つに反応するように、伊織は肢体をビクつかせつつ、こちらの口付けに応えるように、自分からも鈴木の口内に舌を挿し込んだりしてくれた。

深い口付け。繋がり合った唇と唇の間から唾液が零れ落ちていく。だが、気にしない。もっと口腔を貪りたいという想いのままに、ひたすらキスし続けた。

そうした口付けの濃厚さに比例するように、身体が熱くなっていく。特に下腹部がジンジンと疼いた。肉棒がムクムクと大きくなっていくのが分かる。唇だけではない。下半身でも伊織と繋がり合いたいという想いが、どうしようもないほどに肥大化してきていた。

「……伊織」

一度唇をチュプッと離す。

互いの口唇と口唇の間に唾液の糸が伸びる様が、実に卑猥だった。

「鈴木……くん……」

ジッと伊織を見つめると、彼女も潤んだ瞳で見つめ返してくる。

鈴木と同じように彼女もキスだけで興奮しているらしい。それを証明するように「はぁ……はぁ……はぁ……」と半開きになった唇からは荒い吐息が漏れていた。

「見せてやろう。俺達の関係を山本に……。伊織が俺のものだってことをあいつに教えてやるんだ。そのためにやらなくちゃいけないことは、分かるよな？」

動けない状態で呆然とした表情を浮かべている山本をチラッと横目で見つつ、伊織に囁きかける。

「……はい。分かっています」

問いかけに素直に頷くと、伊織は鈴木の前に跪き、制服ズボンに手をかけてきた。ベルトを外し、ジッパーを下ろす。そのままズボンを躊躇うことなく脱がせてきた。

ボクサーパンツが露わになる。その股間部は、下着の上からでもハッキリと分かるほどに膨れ上がっていた。

「凄く……大きい……」

それを見てうっとりと呟きつつ、膨れ上がった股間部に顔を寄せてくると「んっ……んっちゅ……ふちゅぅ」下着の上からペニスにキスをしてきた。いや、ただ口付けしてくるだけではない。嬉しそうな表情を浮かべつつ、スリスリと頬ずりまでしてくる。肉棒に対する深い愛情を感じさせるような行為だった。

「うぁあ……くぅう」

下着越しに伝わってくる伊織の体温が心地いい。頬で撫で上げられる感覚に、自然と腰が震えてしまった。すぐにでも射精してしまうのではないかと思うほどの勢いで、肉棒もビクビクと痙攣する。

当然のように先走り汁が溢れ出し、ボクサーパンツに染みができた。

「これ……もうちんぽ……濡れてる」

伊織がそれに気付く。パンツにできた染みに指を添えてきた。クチュッという音色が響く。伊織の細指がねっとりとした汁で濡れた。

「まだキスしただけなのに……こんなになってる。早く、もっと気持ちよくなりたいって、ちんぽが言ってるみたい」

「ああ、そうだ。気持ちよくなりたい。伊織に気持ちよくして欲しい」

「そう……それなら……」

どこまでも素直に伊織は従ってくれる。

パンツに手をかけ、脱がせてくれた。

途端にビョンッと跳ね上がるような勢いで、ガチガチに勃起したペニスが剥き出しになる。自分でも驚くほどに大きく膨張した肉槍。先端部は今にも破裂してしまいそうなレベルでパンパンになっていた。

「凄く大きい。早く射精したいって言ってるみたい……」

うっとりと伊織は肉棒を見つめてくる。

「すぐ気持ちよくしてあげる」

ガチガチのペニスに当然のように唇を寄せてきた。

「待て！　駄目だ！　高梨さん！　そんなこと駄目だっ‼」

それを見た山本が焦ったような声をあげた。

「駄目じゃない」

そんな山本にはっきり伊織は告げる。

「鈴木くんは私の彼氏で、私は鈴木くんの彼女なんだから。だから、駄目なんてことはない。してあげたい。鈴木くんを気持ちよく」

彼女――伊織の言葉が胸に染みる。これほど嬉しいことはない。

「それじゃあ、始めます……ふっちゅ」

わき上がる歓喜を更にかき立てるように、伊織は山本に見られていることをまるで気にすることなく、膨れ上がった肉棒に口付けしてくれた。

「うあっ！　くぅううっ！」

口唇を押しつけられただけでしかないけれど、強烈な性感が走る。快感にビクッビクッと鈴木は肢体を震わせた。当然ペニスもだ。

「んっふ……キスだけでちんぽ、凄く震えてる。気持ちよさそう。でも、もっと、もっと……んっちゅ……ふちゅうっ！　ちゅっちゅっちゅっ……ふちゅうう」

口付けはもちろん一度だけでは終わらない。

伊織は躊躇うことなく口付けを繰り返してくる。先程唇同士でした時のように、キスの雨を降らせてきた。

その上で舌を伸ばしてくる。

「ちゅっろ、れちゅろっ……んっちゅれろ……ふっちゅ……れっちゅろ……れろっれろっれろっ、んれろぉ」

先走り汁に塗れた肉先を舌先で舐め回してきた。

亀頭を淫靡に舐り上げてくる。肉先秘裂を何度も舌先で上下に擦ってきた。

「んっも……もっふ……おもぉおお」

そのまま流れるように肉棒を咥え込んでくる。小さな口を今にも顎が外れてしまうのではないかと思うほどに開くと共に、根元まで、先端部が喉奥に届くほどまで……。

「んっじゅるる……むじゅるるるぅ……。んっじゅろ、ふちゅろぉ……。じゅぼっじゅぼっじゅぼっ」

頭を振り始めた。

口腔全体で肉槍を扱き上げてくる。ジュボッジュボッジュボッと淫靡な音色を響かせながら、口唇で肉茎を締めつけ、精液を吸い出そうとするかのように吸引まで行ってきた。

「はぁあ……いい！　伊織！　これ、凄くいいっ！　簡単に、うっく……くううう！　簡単に出ちゃいそうなくらい……気持ちいい」

「いい……で、しゅよ……んっじゅ……ふじゅううっ……。らひたいなら、らひて……ちゅっぼ、むじゅっぽ！　じゅぼぉお！　わたひに……んふう……わた、ひに、しゅじゅきくんにょ、しぇーえき……のましぇて」

当然のように射精を受け入れてくれる。

「い、伊織！　伊織ぃいいっ!!」

どこまでも自分に尽くしてくれることが嬉しい。

喜びを行動でも伝えるように伊織の後頭部を掴むと、そのまま膣を犯すかのような勢いで腰を振り始めた。

「んっぷ！　あぷうっ！　んっんっんっんっ——んびゅううっ！」

突く。突く。伊織の口腔を蹂躙する。一突きごとにペニスを膨れ上がらせていく。

その激しすぎる突き込みに、伊織の口からは苦しそうな吐息が漏れた。瞳も見開かれている。ただ、それでも、決して口腔陵辱から逃げ出そうとはしない。それどころか、更に強く啜り上げてくる。

「ああぁ、伊織ぃいっ！」

吸われることが心地いい。舐められることが気持ちいい——積み重なっていく喜びが射精感に変わる。抗うことなどできはしない。流されるがままに——

ぶっびゅば！　どびゅっ！　どっびゅうう！　どびゅっどびゅっどびゅっどびゅっ——どっびゅるるるるるぅっ!!

「んっも！　もふぅうっ！　もっもっもっもっ——もぉおおっ!!」

伊織の喉奥に向かって多量の白濁液を撃ち放った。

一瞬で口腔を満たすほどに精液量は多い。だが、それを伊織は逃げることなくすべて口腔で受け止めてくれた。

「うっく……はぁああ……よかったぁ」

やがて心地いい虚脱感に身体中が包み込まれる。

「はっふ……んふぅう……んっちゅる……ふちゅる……むちゅるるるぅ」

そんな射精を終えた鈴木のペニスを、口腔に精液を溜め込んだまま、丁寧に舐め、尿道口に残った精液を最後の一滴まで伊織は啜り上げてくれた。

その上で「んっふ……はふぅう」ジュボンッとペニスを口から引き抜いた。

「……伊織」

口端からタラリッと精液を垂れ流す伊織を見つめる。特に何をしてと命令もしない。けれど、彼女はこちらが求めていることに気付いてくれる。

「んっく……んぎゅうっ……んっんっんっ……んふぅう」

そうすることが当然だとでもいうように、口内に溜まった精液をゴクゴクと嚥下してくれた。

「はぁあああ……ご馳走様でしたぁ」

んあっと口を開けて見せてくれる。散々流し込んだ精液をすべて飲み干してくれていた。

「こんな……嘘だ。嘘だろ」

見せつけられた事態に、山本は呆然とした表情を浮かべている。譫言のようにブツブツと現実を否定する言葉を口にしていた。

「嘘じゃない。これが現実だ。伊織は俺のものなんだ」

「違う！　そんなことっ！」

「何も違わない。伊織の全部は俺のもの……だから」

そこで一度言葉を切ると、もう一つ用意しておいたパイプイスに鈴木も座った。座ったまま動けなくなっている山本と相対する。

「伊織……」

そうした状態で伊織に囁きかけた。

それに伊織はコクッと頷くと――

「私の全部は鈴木くんのもの……。それを山本くんにも見せてあげます」

という言葉を口にしながら、身に着けていた制服を躊躇なく脱ぎ捨てた。

豊かな乳房、引き締まった括《くび》れ、ムチッとした太股、既に愛液に塗れクパッと開いた肉花弁――生まれたままの姿を曝け出す。

露わになった肉花弁の表面は、キスとフェラをしただけだというのに、まるでお漏らしでもしたかのようにグショグショに濡れていた。

「見ていて……」

小さく山本に対して呟く。

そのままゆっくりと鈴木の上に跨がってきた。鈴木に背を向け、正面を山本へと向けた体勢である。そのような状態で、ゆっくりと腰を下ろしてきた。

じゅっぷ！　じゅずぶっ！　じゅぶぶぶぶぅ……。

「んっは……あはっ！　あっあっあっ――はぁあああ！」

いわゆる背面座位で肉棒を蜜壺で咥え込んでくれる。

「こんな……こんなこと……」

呆然とする山本の前で、濡れそぼった膣はどこまでもスムーズに、射精を終えた後とは思えないほどに未だパンパンに勃起している鈴木のペニスを、根元まで咥え込んでくれた。

「うっく……くうう！　すっげぇ」

ヒダヒダが肉槍に絡み付いてくる。子宮が亀頭に吸い付いてくる。

これまで何度も味わった膣の感触が肉棒に伝わってきた。

一体何度こうやって繋がり合ってきただろう？　正直もう数え切れないほどだ。だというのに、いつまで経ってもこの感覚には慣れない。何度しても、繋がり合った瞬間に射精してしまいそうになるくらい気持ちがいい。

「はぁああ……挿入《はい》ってる。私の……んぁああ……一番奥まで……鈴木くんのちんぽが……

……挿入《はい》ってる……。どう……気持ちいいですか？　私のオマ〇コで鈴木くん……はふぅうう……ふうっふうっ……んふうう……。か、感じてくれて……ますか？」

「ああ、感じてる。滅茶苦茶気持ちいいよ」

否定なんかできるワケがない。言葉だけではなく肉棒でも性感を訴えるように、ビクンッビクンッとペニスを脈動させた。

「んふうう……これ、震えてる。私のな……かで……ちんぽがビクッビクッて……はふぅうう……してる。はぁあああ……」

「……どう？　気持ちいい？　伊織も……くうう……俺ので……感じてる？」

「は……い……。感じて……んん！　感じてます。凄く……気持ちよく……なって……ますぅう！　あああ……んはぁあああ」

ジュワアアッと愛液を垂れ流しながら、首を何度も縦に振って性感を認めてくれた。

「でも、もっと……もっと感じたい。もっと……この……ちんぽで……んんんっ！　気持ちよく……なり、たい……ですぅ」

「そっか……それなら、好きにして。伊織が好きなように動いてくれていいよ」

「は……はいっ！　はいぃいいっ!!」

好きなように——その言葉に素直に従ってくれる。

じゅっぽ！　むじゅっぽ！　じゅぼぉお！　じゅっぽじゅっぽじゅっぽじゅっぽ——じ

ゅぽぉおおっ！

「んっは……はぁあぁ……あっは！　あっあっあっ――はぁあああぁ♥」

伊織の腰が動き始めた。

ガチガチに硬くなったペニスを、蜜壺全体で激しく擦り上げてくれる。襞の一枚一枚で肉茎を締めつけながら、屹立《きつりつ》全体を擦り上げてきた。

「くうう！　いいっ！　あああ、伊織……いいっ‼」

途端に意識が飛びそうになってしまうほどの快感が走る。数度擦り上げられただけで、下半身の感覚が愉悦の中に蕩けてしまいそうだった。

「すっごい！　ちんぽ……いいっ♥　好きっ！　ちんぽ……好きっ！　はぁああ！　ちんぽ……好きですぅっ♥」

「くうう……ちんぽ……はぁああ、ちんぽだけ？　伊織が好きなのは……ちんぽだけ？違うよね？　俺のことも……ふうう……俺のことも好きだよね？」

わき上がる射精衝動に必死に抗いながら、問いかける。

「す……好きっ！　あああ……鈴木くんのことも……好きっ！　だい、好きぃ♥」

素直に好意を認めてくれる。好きと言ってもらえることが嬉しい。

「だったらキス……くぅうう！　俺にキスして！　伊織、俺にキスっ‼」

「はいっ！　するっ！　するぅう！　セックスしながらキス……キスするのぉ」

顔をこちらへと向けてきた。そんな彼女に唇を寄せて口付けする。

「はっちゅ……ふちゅぅう」

もちろん口唇を重ねるだけのキスではない。

唇と唇が重なり合った瞬間、互いの口腔に舌を挿し込んだ。

「もっちゅる……んちゅるっ……ふちゅるぅう！　はっちゅ……ふちゅぅ」

唾液と唾液を交換する。グチュグチュという淫猥な音色を唇と唇の間から響かせる。

下半身で繋がり合いながらの口付け——それはまるで全身を一つに蕩け合わせているかのような感覚だった。

「んひんん！　いっひ、こりぇ……いひっ！　ちゅっろ、んちゅっろ……ふちゅろぉ……きしゅ……きしゅしながらのエッチ……しぇっくす……いつも、より……いちゅもより、しゅごく……はぁああ……しゅごく……感じ、ちゃう♥」

「俺もだ。俺も、感じる。感じすぎて……くううっ！　少しも……ほんの少しも、あああ……我慢なんてできそうに……ないっ！」

繋がりの濃厚さが肉悦に変わる。抗うことなどできそうにないレベルの強烈な性感に、肉棒の脈動がより大きなものに変わっていった。

「ふひゅう……あちゅくなってる……。ちんぽ、わたひの……膣中《なか》れ……こりぇ、らしたいって、ちんぽが射精したいって……ちゅっちゅっちゅっ……んちゅう！　いって、る

「……みたひ！　はぁあああ……いい、ですよ。いいれしゅよぉ」

うっとりと伊織の瞳が細められた。

「らひて、鈴木くんの……しゅじゅきくんの精液……ドクドク……膣中《なか》に……射精して……はぁあぁ……鈴木くん！　鈴木くん！　しゅじゅき……くんんっ♥」

伊織によるグラインドが更に大きなものに変わっていった。肉棒がより激しく擦り上げられ、責め立てられる。

このまま射精したい――素直にそう思った。

しかし、まだ抗う。まだ絶頂には至らない。もう一つ、伊織にしてもらいたいことができたからだ。

「伊織……名前で……俺のこと、名前で呼んで！　頼む……伊織！」

彼女とのセックス。恋人とのセックスだ。それなのに名字だけなんてなんだか少し寂しい。自分だって伊織を名前で呼んでいるのだ。彼女にも自分の名を口にして欲しかった。

「あ……はぁあああ……し……翔太……くん」

そんな想いに答えてくれる。

「翔太くん……しょ……うたくん……はぁあぁ……翔太♥　翔太ぁああ♥」

愛しい恋人を呼ぶように何度も名を口にしてくれた。濃厚なキスと、激しいグラインドを続けながら……。

「い……伊織ぃいいいっ！」

そんな彼女の行為に鈴木の欲望が爆発する。

「伊織！　伊織……伊織ぃいいっ！」

何度も彼女の名を呼びながら、自分からも腰を振り始めた。

「やめろ！　やめろよぉおお！」

絶望する山本に見せつけるように、伊織の肢体を突き上げる。パイプイスを今にも壊れてしまいそうなほどにギシギシと軋ませながら、伊織の乳房がブルンッブルンッと激しく揺れ動く勢いで……。

「あっひぃいい！　深い……んっちゅる……ふちゅるぅ！　すごっく……深い♥　奥！　一番……奥まで……あっあっあっ……あぁあああ♥　凄い！　翔太……これ……すごひぃい！　あんっあんっあんっ——あんんんっ！」

伊織の身体が汗に塗れていく。牝の発情臭が溢れ出し、鼻腔をくすぐってくる。

「好き！　はふううっ！　これ好きっ！　ちんぽ好きっ！　翔太……だい、好きっ！　愛してる！　翔太……あい、してるのぉお♥」

「俺も……俺もっ！」

「はぁああ……来て！　翔太……射精してっ♥　欲しい！　好きな人の、恋人の……かれ、しの精液欲しい♥　私の中……子宮……翔太ので……いっぱいに、して！　お願い！　お

る。

「する！　いっぱいにする！　伊織の全部を俺ので！」

自分で満たす。伊織を……。他の男など二人の間には決して入ってこられないようにする。

更に唇を強く唇に押しつけ、伊織の口腔を貪った。膨れ上がらせた亀頭で幾度も子宮を抉るように刺激した。動きで、反応で、自分が得ている快感を伊織に伝える。

濁流のような快感。自分のすべてが気持ちよさに包み込まれていく。

そんな愉悦に流されるように、伊織への想いを訴えるように――

どじゅううう！

「あぁあああああ♥」

強く子宮口を肉棒で突いた。

ぶっびゅ！　どびゅうっ！　どっびゅどっびゅどっびゅどっびゅ――どびゅううう！

「んんん！　あんんんっ！　はっひ！　くひぃいいっ‼」

射精を開始する。

呆然とこちらを見ている山本に見せつけるように、伊織の子宮に向かって多量の白濁液をドクドクと流し込んだ。

「出てる！　あぁあああ！　精液……ドクドク……すご、い！　あっひ、くひぃい！　熱

い！　熱い……熱いのが……いいっ！　んんんっ！　あっあっあっ――はぁああ♥　これ、よくて、熱いの、精液……気持ちよくてぇえ♥」

熱気を、想いを染み込ませる。

それに後押しされるように――

「イクっ！　あっひ、んひいっ！　あっあっあっあっ――はぁあああ♥」

伊織も絶頂に至った。

自分から強く鈴木に腰を押しつけながら、身体中を震わせる。

「ああ……きもち……いひぃいい♥」

情欲に塗れた女の顔を曝け出しながら、肉棒の痙攣に合わせて、心地良さそうに肢体を震わせてくれるのだった。

「あっふ……んふぅうう……♥」

やがて伊織は身体中から力を抜く。

くてっと鈴木に全身を預けてきた。

そんな彼女の身体を背後から優しく抱き締めると――

「伊織……好きだよ」

改めて想いを告げた。

「わた……しも……ですぅう」

うっとりしながら頷いてくれる。

「伊織……」

そんな伊織に改めてキスをした。

「んっちゅ……ふちゅ……くちゅうう」

互いの想いを確かめ合う恋人同士のようなキスだ。

「あり得ない……こんなの……悪い夢だ……」

山本がブツブツ呟いているけれど、彼のことなど気にしない。

身体だけではなくなんだか心まで繋がっていくような感覚がとても心地いい。自分のすべてが満たされる感覚に、身震いしてしまいそうなほどの幸福感を覚えるのだった。

そんな想いの中でどちらからともなく唇を離す。

「キス……気持ちいい……」

幸せそうに伊織が呟いた。

そんな顔を見ていると、もう一つ——そう、もう一つ欲望が膨れ上がってきた。

その想いを隠したりはしない。

「ねぇ伊織……」

「な……んですか？」

「……笑って」

見たい。

伊織の笑顔が見たい。

だから告げる。笑って——と。

その言葉に伊織は——

「はい♥」

頷くと共に、笑顔を浮かべてみせてくれた。

ずっとずっと鈴木が見たかった笑顔を……。

（笑ってる。笑ってくれてる。伊織が俺に笑いかけてくれてる……）

幸せだ。心の底から幸せだ。

自然と鈴木も彼女の笑みに——催眠状態にある彼女の笑顔に合わせるように、ニッコリと笑みを浮かべてみせるのだった。

その上で山本に——

「これで分かっただろ？　伊織は……伊織は……俺のものだ！　伊織は俺の彼女なんだ！」

と、伝えるのだった。

六章　催眠カノジョ

日曜日、晴れ空の下で鈴木は公園を歩く。とても気分がいい。別にそれは天気がいいからというわけではない。

今、隣には伊織がいるからだ。

普段の制服姿とは違い、白のブラウスと青のスカートを身に着けた伊織が隣を歩いてくれているから……。

「いい天気でよかったですね」

腕を組みながら、微笑んでくれる。

腕に伝わってくる乳房の柔らかな感触や、温かな伊織の体温に自然と鈴木自身も笑みを浮かべつつ「ホントにね」と頷いてみせた。

ザアアッと強い風が吹いたのはそんな時のことである。風に流されて飛んできた葉が、伊織の頭に貼り付いた。それを手で払ってやる。そのついでに触れた伊織の髪は、とても艶やかで、絹のような触り心地も最高だった。

「ありがとうございます」

礼の言葉と共に更に伊織は笑みを深めてくれる。

普段の姿からは想像もできないほど幸せそうな表情だ。それを自分に対して伊織が向けてくれているということが堪らなく嬉しい。まるで本当の恋人同士になったみたいな気分だった。

山本の前で行ったあの一件以来、こうして恋人になれた。山本にはある意味感謝している。

(まぁ、記憶は消させてもらったけど)

幸福感を噛み締めながら、二人並んで公園を歩く。

「あ……の……」

その途中で伊織が脚を止めた。

その上でより強くキュッとこちらの腕に身体を押しつけてくる。

「……どうした？」

伊織を見ると、その頬が上気していた。瞳も心なしか潤んでいる。先程までの嬉しそうな顔とは違う。見るものに女を感じさせる艶やかな表情だった。

「その……恥ずかしいんですけど、貴方の匂いを嗅いでたら……なんか、え……エッチな気分になっちゃいました」

恥ずかしそうな顔で、絞り出すようにそんなことを告げてくる。

じっとこちらを見つめながらこの言葉。

（伊織が誘ってきてる）

間違いなく自分を求めてくれている。あの伊織が……。

ドキドキと心臓が高鳴り始める。全身が発熱でもしているみたいに熱く火照り始めた。

ただ腕を組んでいるだけでは満足なんかできない。もっと伊織を感じたいという感情が抑えがたいほどにわき上がってくる。

そうした想いに抗うことなく、ギュッと伊織の身体を抱き締めた。すると伊織が瞳を閉じ、唇を突き出すような仕草をしてみせてくる。何を求めているのかは一目瞭然だ。その求めに応える。ソッと彼女の唇に自身の唇を重ねた。

「んっ」

触れるだけのキス。

それをチュッチュッチュッと何度も繰り返す。

すると伊織の方からただ唇を重ねるだけでは満足できないとでもいうように、舌を伸ばし、鈴木の口腔に挿し込んできた。

「はっちゅ……んちゅっぅ……ちゅっろ、れちゅろぉ」

侵入してきた舌に自分からも舌を絡める。より強く口唇を押しつけると、ジュルジュルと頬を窄めて伊織の口腔を啜った。伊織の方も同じように口を激しく吸ってくれる。クチュクチュという音色が鳴り響くほどに濃厚な口付けだった。

「んっ……んっ……あっ♥　んっふ……はふっ……もっと♥」

　そうした口付けだけでも伊織は感じてくれる。ビクッビクッと肢体を震わせながら、太股同士を擦り合わせて腰をフリフリと左右に振った。

「……したくなっちゃった？」

「……ふぁい♥　はふ……んふうう……。こうやって……鈴木くん……翔太くんとキスしてるだけで、私……凄く身体が、あそこが熱くなっちゃってるんです。ジンジンッておま○こが疼いて……。はふぅう……。欲しいって。ちんぽ挿入《い》れてって思っちゃうんです」

　直接的な言葉だって隠すことなく教えてくれる。

「大好きな翔太くんのちんぽ……奥まで……」

　大好き——伊織からその言葉を聞ける日が来るとは思っていなかった。好きと言われるだけで、ムクムクとペニスが硬くなってしまう。

　キスだけで満足なんてできない。気持ちは伊織と同じだった。

「ホテル行こうか」

　耳元で囁くと、コクッと嬉しそうに伊織は頷いてくれた。

　本当に夢みたいだ。

　二人でホテルに入る。

途端に伊織の方から改めて鈴木の身体をギュッと抱き締めてきた。同時にキスだってしてくる。早く欲しくて堪らないといった様子だ。

「はっちゅ……んちゅっ……ふちゅう……。んっちゅる、むちゅる。ちゅるるるるぅ」

繋がり合った唇と唇の間から唾液が零れてしまうほどの勢いで、こちらの口腔を貪ってくる。しかも、ただそうした濃厚なキスをしてくるだけではない。口付けしつつ手を伸ばしてきたかと思うと、ズボンの上からこちらの股間部を撫でさするなんてことまで……。指で肉棒が撫で上げられる。それだけで今にも射精してしまいそうなほどに肉体は昂っていった。

「はっふ……んふうう……どんどん、ちんぽ大きくなってきてますね」

一旦唇を離し、うっとりと瞳を細めながら露骨な言葉を口にしてくる。

「伊織っ！」

こんな姿を見せつけられて我慢できる男なんていない。

伊織の身体をベッドに押し倒した。同時にブラウスを脱がせる。露わになったブラジャーを剥ぎ取り、乳房を剥き出しにする。

「デートよりもセックスしたくて堪らなかった？」

問いかけながらぷっくりと膨れた乳輪に舌を這わせた。

「あっ♥ んんんっ……はふぅう、そんな言い方されると、私が凄くエッチな子みたいです……あっあっ……はぁあああ♥」

「伊織は淫乱だろ？　ほら、その証拠に……」

舌で乳輪と乳首を舐りつつ、スカートを捲り上げ、ショーツを脱がせた。

露わになった秘部は、既にぱっくりと左右に開いている。覗き見えるピンク色の肉花弁は、溢れ出した愛液でグショグショに濡れていた。膣口は呼吸するように開閉を繰り返している。まるで肉体そのものが早くペニスを突き挿《い》入れて欲しいと訴えているかのような光景だった。

「デート中もずっと濡らしてたんだろ？　お漏らししたみたいにグッチョリだ。早く欲しいんでしょ？」

「それは……」

問いかけに対して伊織は口籠もる。公園では直接的に自分から求めてきたのに、こうやって尋ねられるのは恥ずかしいらしい。そういうところが本当に可愛い。

「教えて」

そんな可愛さにより強い昂りを感じながら重ねて尋ねると――

「ほ……欲しい。早く欲しいです。私の奥までちんぽ……挿《い》入れて欲しいです」

素直に己の欲望を口にしてくれた。

「伊織っ！」

我慢なんかできない。

じゅっぷ！　じゅずぶっ！　じゅぶぶぶぶぅ！

「あっ！　はぁあああ♥　あっあっ！　挿入《はい》って……きた！　翔太くんの……翔太のちんぽ……膣中《なか》に……ズブズブ挿入《はい》ってきたぁあ」

肉棒を根元まで蜜壺に突き立てる。

途端に伊織の表情が歓喜の色に歪んだ。

肉体でも挿入を歓迎するように、ギュウウッと膣を収縮させてきつくペニスを締めつけてくる。肉槍を絞ってくるような刺激だ。反射的に射精しそうになってしまう。そうした感覚に必死に抗いながら、腰を振り始める。すぐに射精なんてもったいない。たっぷり伊織の身体を堪能したかった。それに、伊織にもより強い快感を覚えて欲しかった。

そんな想いのままに激しく腰を振り続ける。ギッギッギッとベッドが軋む音色が響くほどの勢いで、膣奥を繰り返し突いた。

「はっげ……激しい！　これ……凄く深い！　んんん！　一番……一番奥まで来てる！　あっ♥　あっあっあっ♥　はふぁああ！　こんな……こんなのぉお！」

正常位でのセックス。喘ぐ伊織が手を伸ばし、こちらの身体をギュッと抱き締めてきた。その上で、ピストンに合わせて伊織からも腰を振ってくれる。キュッキュッキュッとリズミカルに肉棒を締めつけてくれる。

「キス……キスぅぅ」

「ああ、分かってる」

性器同士を繋げ合わせるだけでは物足りない——とでも言うように、口付けまで求めてきた。

それに答えるように濃厚なキスをする。膣を犯すペニスの激しさにシンクロするように、伊織の口内に舌を挿し込み、淫靡にかき混ぜた。

「んっちゅ……はちゅっ！　ふちゅう……んっちゅ……ちゅるる……んじゅるるぅ……はっふ……んふ……あふぁあああ……はぁ……はぁ……はぁあああ」

キスの激しさに比例するみたいに締めつけがどんどんきつくなってくる。伊織の全身から溢れ出す汗の量が増え、鼻腔をくすぐる発情臭もどんどん濃厚なものに変わってきた。

「全部……私の全部が……んひんんっ！　翔太と……一つに……なって、る……はぁあ！　み、みたいです！　凄い！　こんなの……はんんっ！　こ、んなの……簡単に……あっあっあっ！　わた、し、簡単にイッちゃいますぅ……♥」

「いいよ。イキたいならイケばいい。我慢なんかする必要ないから」

「駄目……それは……駄目ですぅ」

ブンブンッと伊織は駄々をこねる子供みたいに首を左右に振った。

「駄目？　どうして？　だってイキたいんでしょ？」

「は……ひ……イキたい……です。でも、でもぉ！　一人でイクのはいやぁ！　イク時は一緒がいい！　だ、大好きな翔太と……一緒に、い……きたい……ですぅ」

言葉以外に行動でも愛情を訴えるように、唇にだけではなく、頬や鼻にも口付けしつつ、亀頭に子宮口を吸い付かせてきた。

「くうう……それなら大丈夫だよ」

伝わってくる性感に身震いしながら、伊織に微笑みかける。

「俺もイクから！　伊織が気持ちよすぎて我慢なんかできないから……。だから、イこう！　一緒にイこう！」

「は……い♥　あああ、一緒……一緒に♥　翔太……翔太……ちゅっ、んっちゅ、ふちゅっ！　ちゅっちゅっちゅっ……むちゅうう♥」

キスしながら、肉棒を押し潰しそうなほどに締めてくる。

「くうう！　い、伊織ぃいい！」

昂りきった肉体にはあまりに心地良すぎる刺激だった。どうしようもないほどに射精衝動が膨張する。それに流されるがままに、亀頭で子宮口にキスをした。

「んんんんっ♥」

伊織の全身がビクつく。

膣まで痙攣が始まった。

そうした反応の心地良さに全身を震わせながら――

ぶっぴゅ！　どびゅうっ！　どびゅっどびゅっ、どびゅううっ！

「はっあ！　あんんっ！　イッく！　イクっ！　イクイク――イクぅううっ♥」

膣中《なか》に白濁液を注ぎ込んでいく。一瞬で子宮を満たすほどに熱汁は多量だった。

「あああ……んはぁぁ……出てる……。凄い……好き……これ、好きぃ！　はんん！　あっは……はぁああ！」

快感に身悶えながら、鈴木の身体をこれまで以上に強く抱き締めてくれる。それが本当に幸せだった。強烈な幸福感と快感に流されるがままに、ドクドクと射精を続ける。最後の一滴まで、伊織の子宮に濃厚すぎる牡汁を……。

「はぁああ……凄く……よかったぁ♥」

幸せそうに伊織が瞳を細める。

自分がこんな表情にさせているんだという事実に喜びを感じながら、ジュズボッと蜜壺からペニスを引き抜く。肉槍は精液や愛液でグショグショになっていた。

それを伊織の口元に近付けると――

「綺麗にして」

そう告げた。

「……はい♥」

逆らうことなく素直に伊織は頷いてくれる。

「んっちゅ……ちゅううっ」

グチョグチョに汚れていようが気にしない。積極的に亀頭にキスしてくる。舌を伸ばして、精液や愛液を搦め捕ってくれる。更には口を開き、肉棒全体を咥え込んでくれた。

「んっじゅ……ちゅぼっ……んじゅっぽ……じゅぼっじゅぼっじゅぼぉお……」

下品な音色を積極的に響かせ、ペニスを激しく吸い立ててくれる。

「ああ、いいよ。最高だ」

刻まれる性感。強烈な心地良さに、先程射精した直後とは思えないほどの昂りが膨れ上がってきた。再びペニスが勃起を始める。

「はふう……また、こんなに大きく」

「ああ、伊織の口、凄く気持ちいいから。だから……挿入《い》れてもいい？」

その問いかけに伊織は「はい」と頷いてくれた。だが、すぐに「あ、待ってください」と制止の言葉を口にしてきた。

「待って？　どうして？」

「その……する前にお風呂に入りましょう。汗を掻いてしまいましたから」

「汗？　そんなの気にしないけど」

寧ろそれがいいとさえ思ってしまう。

「駄目。お願い」

だが、伊織は頑《かたく》なだった。

「分かったよ。それじゃあ」

仕方なく風呂に入ることにした。

浴室に一人で入る。先に入っていてと伊織に言われたからだ。

（どうせなら一緒に入りたかったな）

少し残念に思ってしまう。

すると、そんな願いに応じるように、少し間を置いてから「失礼します」と伊織が浴室に入ってきた。

「伊織……って、その格好」

彼女を見て、思わず目を見開く。

伊織は水着姿だった。

それもただの水着じゃない。黒地に白のフリルがついたビキニだ。頭にも白いカチューシャを装着している。メイドを思わせるようなデザインの水着だ。

「それ……どうしたの？」

「その……衣装の貸し出しをしてくれてるみたいで」

「そうなんだ。で、水着メイド？　わざわざそんな格好をしたってことは、つまり、ご奉仕してくれるってことでいいのかな？」

乳房と股間部を申し訳程度にしか隠していない小さめの水着だ。今にも胸が零れ落ちそうに見える。そうした姿に興奮が高まっていく。ガチガチにペニスが硬くなってしまう。

「こんなことするの……貴方だけですからね♥」

そんな期待に応えるように、伊織はボディソープで自身の身体を泡塗れにしたかと思うと、バスチェアに座った鈴木を背後からギュッと抱き締めてきた。グチュッと泡塗れになったヌルついた肢体の感触が伝わってくる。

「はふぅう……綺麗にしてあげますね」

当然抱き締めてくるだけでは終わらない。本番はここからだというように、伊織は肢体をくねらせてきた。泡塗れの身体でグッチュグッチュグッチュと鈴木の背中を擦り上げてくれる。柔らかな乳房が肌に吸い付いてくるような感覚が堪らない。背中を擦られているだけだというのに、思わず精液を撃ち放ってしまいそうな心地良さだった。

ペニスが自然とビクビク震えてしまう。

「ちんぽも……綺麗にしてあげます」

背後からそんな肉棒をキュッと両手で掴んできた。背中を擦りつつ、肉棒も扱き始めてくれる。泡塗れの手で根元から肉先までを擦り上げられる感触が堪らなく気持ちいい。身

体中が蕩けてしまいそうなほどだった。

そうした愉悦を訴えるように、どんどん肉棒は大きく膨れ上がっていく。

「亀頭……パンパン……。少し擦っただけでも出ちゃいそうになってますね。でも、まだ我慢♪　今度は……こっちで擦ってあげます」

そう言うと伊織は背中から離れ、正面に回ってきた。その上で跪いたかと思うと、ギュッと乳房で肉棒を挟み込んできた。

「くぁっ！　うぁあああ！」

柔らかな胸の谷間に肉棒がジュブジュブ沈み込んでいく。その感触はまるで膣にペニスを挿入しているのではないかとさえ思ってしまうほどに、心地いいものだった。

「はふぅう……ふふっ♥　私の胸の中で……あんっ♥　ビクビクッて震えてる。おっぱい、気持ちいいですか？」

「ああ、滅茶苦茶いい」

「よかった。でも、まだ……はぁはぁぁ……満足しないでくださいね。ほら、行きますよ。んっ♥　んっ♥　んっ♥　んんんっ♥」

当然ただ挟むだけではない。両手を乳房に添え、ゆっくり蠢かしてくる。胸全部を使って、肉棒の根元から先端部までを何度も何度も擦り上げてきた。

「ああ……すっげぇ」

　柔肉が肉槍に吸い付いてくるかのような感覚が堪らない。腰を戦慄かせながら、歓喜の声を漏らしてしまう。

「沢山……沢山……はふぅう……気持ちよくなってくださいね♥」

　心の底からの言葉のように聞こえた。

（献身的な伊織、俺だけの――）

　伊織にここまで想ってもらえていることが嬉しい。

　わき上がる喜び。それが絶頂感に変換されていく。

「やば……もう、我慢できない」

「いいですよ。出して……ドピュドピュ……遠慮なくして下さい♥」

「うぁああ……い、伊織ぃいいいっ！」

　どっびゅ！　ぶびゅっ！　どびゅばっ！　ぶびゅううううっ‼

　我慢などできるわけがなかった。肉悦に流されるがままに精液を解き放つ。胸の谷間に顔を覗かせた亀頭から、まるで噴水のように白濁液を噴出させ、ベチョベチョに伊織の顔を白濁液で汚した。

「あっは……はふぁあああ……。熱い」

　顔を穢されても伊織は嫌な顔一つしない。それどころか嬉しそうに自分の顔を濡らす白濁液を搦め捕ったかと思うと――

「んっちゅ……ふちゅっ……ちゅぅううっ」

指を咥えてそれを啜った。

「はふぅう……美味しい♥」

ニッコリと笑う。

「い、伊織っ！」

その姿に射精直後とは思えないほどの興奮を覚えてしまった。肉棒は萎えるどころかより膨れ上がっていく。

「はぁあ……これ、大きい。射精したばっかりなのに……。もっと、もっと気持ちよくなりたいんですね」

「ああ、そうだよ」

「はぁああ……私もです。私ももっと気持ちよくなりたい。これが欲しいって思っちゃいます。我慢なんかできない。だから……」

うっとりとした表情で伊織は優しくこちらの頬を撫でてきた。

その上で、ゆっくりと鈴木に跨がるような体勢となると、自ら腰を落とし、蜜壺でジュブジュブと肉棒を咥え込んでくれた。

「あっは……はぁああ♥　深い！　ンンンッ！　届く……当たるっ！　気持ちがいい……ところにっ♥　翔太……翔太は……気持ちいい……ですか？　私で……私のおま○こで感

じて……ますか？」

　瞳を蕩かせ、全身をヒクヒク震わせながら、熱い吐息混じりの声で尋ねてくる。

「ああ、最高にいいよ。気持ちいい」

「はふぅう……それはよかったです。でも、もっと……もっと気持ちよくなって♥　もっと私で……んっふ……くふんんっ！　あっあっあっあっ……はぁあああ！」

　挿入だけでは終わらない。自分から腰を振り始める。パチュンパチュンパチュンッと何度も何度も鈴木の腰に自身の腰を打ち付けてきた。

「はぁあ……気持ちいい。チンポ……気持ちいい♥　いいの……凄くいいの！　よくて……ちんぽ……気持ちよすぎて……腰動かすの、止まらない♥」

　荒い吐息をしながら、一心不乱にグラインドを続けてくる。

　いや、ただピストンするだけではない。

　愉悦に塗れた表情で切なげにこちらの顔を見つめたかと思うと、ソッと唇を寄せてきた。腰を振りつつキスをしてくる。

「んっちゅ……ちゅうっ！　ちゅっ♥　ちゅっ♥　ふちゅううっ♥」

　甘えてくる。どこまでも情熱的に……。

「気持ちいい……。キスしながら、奥突かれるの……きもち……いいっ♥」

　背中に手を回し、乳房をこちらの胸板に押しつけながら、快感を訴えてくる。

（いつか伊織に本当の恋人ができたら、そいつにもこういう風に甘えるのか？　そんな……そんなの……っ）

考えるだけで胸をかきむしりたくなるほどの焦燥感を覚えた。

「伊織……伊織！　伊織は俺のこと……どう思ってる？」

嫌な思考から逃れたい。そんな想いで伊織に尋ねる。

「そんなの……決まってるじゃないですか。貴方は……んっ♥　私の恋人なんですよ。好きに決まってます」

チュッと口付けし、優しくこちらの頭を撫でてくれる。

「好きっ♥　好き好きっ♥　だい……好きぃっ♥」

何度も好きだと繰り返してくれる。

「あ……くうう！　い、伊織！　伊織ぃいいっ！」

脳髄に彼女の言葉が溶け込んでくる。

それに後押しされるように根元から肉先に向かって熱いものがわき上がってきた。

「熱くなってる。大きくなってるのが……分かります！　これ、出そう……はんん！　で、そうなんですね？　いいですよ。出して……翔太……射精して♥　膣中《なか》に、沢山……ドクドクってお願い……お願いします。翔太……翔太ぁあ」

「ああ、ああっ！」

互いに腰をぶつけ合う。

壊れそうなほどにバスチェアが軋んだ。

浴室に響く伊織の甘い声により情欲が刺激されるのを感じつつ、自分からも突き上げる。それと共にペニスを脈動させると、既に精液で満たされている子宮に向かって、これで三度目になるとは思えないほど多量の白濁液を解き放った。

どっぷ！　どぷううう
「あっは♥　はぁああ……また……来てる。また……熱いの……んんんっ……気持ちいいです♥」

愉悦に肢体をビクつかせながら、これまで以上に強く抱き締めてくる。背中に爪が突き立てられた。正直少し痛い。しかし、そんな痛みさえも打ち消すほどの快感を得て、より精液を肉先からドクドク撃ち放つ。

「いい！　いっい！　イクっ！　はぁああ！　イクっ！　膣中《なか》……気持ちよくて……イクっ！　イクイク――んひぃい！　イッくぅうう♥♥♥」

それが余程心地良かったのか、伊織は鈴木の身体を抱き締めながら、絶頂に至った。肉棒を締めつけながら歓喜の悲鳴を響かせる。

「あはぁあぁ……はっふ……んふぁあああ……あああ……す……きぃい……♥」

肉悦に塗れながらも重ねて好きだと口にしてくれた。

それは心の底からの想いだ。本気の言葉だ。
だが――
(伊織の目に……俺は映ってない)
自分への言葉。
けれど、自分に向けられた言葉ではない。
催眠下にあるからこその言葉だ。
催眠がなければ、絶対に伊織がこんな言葉を自分に向けてくれることはないだろう。
(でも、それでもいつか、こんな風に、普通の恋人になれたら……)
どんなに幸せだろう?
(でも、そんなことあり得ない)
あるはずが……。
考えると、なんだか涙が零れてしまいそうだった。
「翔太……」
そんな鈴木の耳元で伊織が囁いてくる。
「なに?」
「抱き締めてください。ギュッて……。翔太を感じさせてください」
愛おしそうにこちらを見つめながらお願いしてくる。

(伊織を恋人にできる日なんてきっとこない。それでも、それでもいつか――)

わき上がる想いを伝えるように、ギュッと伊織の身体を抱き締めた。

＊

「ひっ！　あ！　あんっ♥」

グチュッグチュッグチュッ……。

ベッドの上で伊織はひたすら自分の秘部を弄り回す。指や、バイブを使って……。

敏感部を弄ると、そのたびに強烈な性感が走った。身体中が蕩けそうなほどに心地いい。

バイブで膣奥を抉るように刺激しながら、同時に陰核を刺激すると、強烈な絶頂感がわき上がってくる。

「イクっ！　イクッ……はぁあああ……い……くぅっ♥」

抗うことなく身を任せ、そのまま絶頂した。

腰を僅かに浮かせ、キュウウッと性玩具を膣できつく締めつけながら、全身を痙攣させる。強烈な性感に全身が包み込まれた。

「あっは……はぁあああ……はぁっはぁっはぁあああ……」

虚脱感を覚えながら、何度も肩で息をする。

やはり絶頂の快感は堪らないほどに気持ちがいい。

けれど――

（駄目……オナニーしてもスッキリできない……。なんで……？）

絶頂はしたというのに、下腹部に、全身に感じるもどかしさにも似た感覚を消すことはできなかった。

達したばかりだというのに、子宮が疼いているのが分かる。自慰では足りない。もっと強い性感が欲しいと訴えているかのようだ。

（なんだか試験とか小テストの前になるたびに、身体がムズムズしてる気がする。緊張や勉強のストレスのせいなのかな？　お腹の奥が熱い……）

そんなことを考え、もぞもぞと腰を蠢かしながら部屋の天井を見つめる。

『伊織！　伊織っ!!』

そんな時ふと思い出すのは、自分の名前を呼ぶ誰かの姿だった。

夢の中に現れる誰か。

前はそれが誰なのかまったく分からなかったけれど、最近はぼんやりとしたものではあるけれど内容を思い出せるようになっていた。自分を抱く誰かの夢だ。

それを思い出すと、達したばかりだというのにまた秘部が熱くなってしまう。

（また……したくなってきちゃった。駄目だよ。勉強……そう、勉強しなくちゃいけないんだから……。だけど……でも……）

昂りを抑えることができない。

もう一度下腹部に手を伸ばし——

ぐちゅっ！

「んっ！　はっ……あっ……はぁあああ……」

欲望のままに自分を慰め始めてしまうのだった。


(また……しちゃった)

朝からしてしまったオナニーのことを思い出し、自然と頬を赤く染めながら学校に登校する。

(どうしてなんだろう？)

自分が自分ではなくなってしまったかのような感覚がなんだか怖い。何かの病気にでもなってしまったのだろうかとさえ思ってしまう。とはいえ、こんなこと誰にも相談なんかできない。

(どうすればいいんだろう？)

なんてことを考えながら、教室までやってくる。

「最近の高梨さんさぁ」

すると自分の名を口にしている男子の声が耳に飛び込んできた。

「なんか雰囲気ちがわね？　エロくなったというか……や、元からエロい見た目はしてたけどさ」

「あ〜、分かる。色気あるよな」

「最近のずりネタ、ずっと高梨さんだわ」

「実は俺も」

「お前もかよ！　俺もホント高梨さんにはお世話になりっぱなしだわ」

他に誰も教室にいないのか、遠慮がない話だった。

（ずりネタ？）

一瞬言葉の意味が理解できなかった。多分少し前までの伊織ならば、いくら考えても答えを導き出すことはできなかっただろう。だが、今の伊織には分かる。分かってしまう。

（それって私でオナニーしてるってことだよね？）

想像してしまう。自分の身体を妄想しながらペニスを扱く男子の姿を……。

大きく膨れ上がった亀頭に、何本もの血管が浮かび上がった肉胴——まさに牡槍としか言いようがない逞《たくま》しい肉棒を頭の中に思い浮かべてしまう。

（なんで？　どうして？）

実際のペニスなんて見たことない。だというのに、想起してしまったそれは、妙に生々しく、存在感があった。どこまでもリアルだ。

（やだっ！　恥ずかしい！）

強烈な羞恥を覚えてしまう。

(早くここから……)

踵《きびす》を返すと、教室から離れようとした。

その刹那――

「うわっ！」

「きゃっ」

ドンッと廊下を歩いてきた生徒にぶつかってしまう。

顔を上げると、ぶつかった相手はクラスメイトの鈴木だった。

「だ、大丈夫高梨さん」

「え、いえ……すみません。ぶつかってしまって」

慌てて謝罪する。

そのますぐ彼から離れようとした。

(え……あ――)

その瞬間、伊織の肉体に異変が起きた。

(なにこれ……身体が凄く……あつ……く……)

肢体が火照り始める。まるで燃え上がりそうなほどに全身が熱くなっていく。それと共にジンジンと下腹部が疼き始めた。何もしていないというのに、ジュワアアッと秘部から愛液が溢れ出始めるのが分かる。

（したい……オナニー……したいっ♥♥）

思わず太股同士をキュッと擦り合わせた。

「高梨さん？」

不思議そうに鈴木が首を傾げてくる。

「ご……ごめんなさい」

だが、答える余裕などない。一言謝罪の言葉を口にすると、伊織は走り出した。

（早く……早くっ！）

一目散にトイレに向かい、個室に飛び込む。すぐに鍵をかけると、スカートとストッキング、それにショーツをズリ下ろし、グチョグチョに濡れてしまっている秘部に指をジュズブウウッと挿入した。

（指……三本も入れちゃった……気持ちいいっ♥）

膣口を指で大きく拡張する。もちろん挿入だけでは終わらない。便器に腰を下ろすと、ジュボッジュボッジュボッと抽挿を開始した。

「んっは……はぁああっ♥　はっ♥　はっ♥　はっ♥」

誰かに気付かれないように必死に息を潜めながら、蜜壺をかき混ぜる。指で膣壁を擦り上げ、蜜壺の上側を押し込むように刺激を加えたりした。それと共に空いた手で陰核を摘まみ、シコシコ扱き始める。

「はふうう……んっ♥　はっ♥　あっ……はふぅうう♥」

転がすようにクリトリスを刺激すると、一瞬視界が真っ白に染まるほどの強烈な性感が走り、思わず全身をビクビクと震わせた。

(学校の……トイレで……身体弄って……。こんなところで駄目なのに、やめないとって思うのに……手、止まらない。気持ちいいことしか……考えられない……)

快感が欲しい。絶頂したい――そんなことを考えながら想像してしまう。

『伊織……ここがいいの？』

いつも夢に見る誰かの姿を……。

(そう……もっと……奥っ♥　あっ♥　ここ♥　奥の上の方っ♥)

『ここ？　ここがいいの？』

(そう……そうっ！　そう……なのぉおっ♥)

指で敏感部を何度も押し込む。そのたびに膨れ上がっていく性感。溢れ出す愛液量が増していく。指や手は簡単にグショグショになってしまった。だが、気にすることなく愛撫を続ける。

ただ股間を弄るだけではない。制服ブラウスのボタンを外し、ブラをずらすと、剥き出しになった乳房まで自分の手で揉み始めた。

「はぁっ♥　んんん！　あっふぅうう♥」

ここは学校のトイレ——それは分かっている。こんなことをしてはいけないということだって理解している。しかし、分かっていても抑えられない。気持ちよくなりたいという想いに抗うことができない。

（も……っ駄目っ！　い……くぅうっ♥）

じゅっぷとより膣奥にまで指を挿し込む。子宮口を指先で強く押し込んだ。

「あっ……はぁあああっ♥　んっふ……あふぁあああ♥」

絶頂感が爆発する。

プシュッと秘部から愛液を飛び散らせ、全身をゾクゾクと震わせながら、キュウウウッときつく自身の指を締めつけた。

（ああ……いいっ）

身体中を駆け抜けていく絶頂感に溺れる。

「はっふ……んふぅうう……♥」

自分のものとは思えないほど熱感に塗れた吐息を漏らしながら、ただひたすら肉悦に溺れるのだった。

便器の上でぐったりしながら肩で何度も息をする。

しかし、いつまでもこうしているわけにはいかない。

(次……体育だ……行かなくちゃ)

ぼんやりとした頭でそんなことを考えながら、ゆっくり、気怠げに立ち上がるのだった。


今時珍しいブルマタイプの体操着に着替え、体育館へとやってくる。

「お、見ろよ。高梨さんだ。相変わらずスタイルいいよなぁ」

途端に声が聞こえてきた。

男子達の声だ。

「胸でかっ……ってか、可愛い」

「触りてぇ～」

ヒソヒソと話している。

気付かれていないつもりなのだろう。しかし、伊織の耳ははっきり彼らの声を捉えてしまっていた。

(見られてる……また……)

考えると達したばかりの身体がまた熱くなってしまう。

「彼氏とかできたら泣く……てか、もし経験があったら泣く」

「真面目だしそういうのとか興味ないっしょ」

囁き合う男子達の舐め回すような視線を感じる。

身に着けている体操着は、身体の線がはっきり浮き出てしまうようなものだ。膨れ上がった胸も引き締まった腰も、張りのある尻も、ムチッとした太股も、全部見られてしまう。まるで視線だけで犯されているような気分だった。

声と視線、二つに後押しされるように、ジンジンと肢体が疼き始めてしまう。

（考えては駄目）

慌てて自分に言い聞かせた。

そんな時だった。自分を見ている鈴木の視線に気付いたのは……。

（鈴木……くん……）

ジッとこちらを見ている。

けれど、彼の視線は他の男子達とは違った。

皆伊織の全身を見ている。胸や尻に視線を集中させてきている。だというのに、鈴木だけは伊織の顔を見ていた。ジッと……。そのお陰で目と目が合う。

（……さっきぶつかったのって鈴木くんだよね？）

廊下での出来事が蘇ってきた。

（そういえば鈴木くんって……）

同時にもう一つの思考が生まれる。

（最近よく見る夢の人に雰囲気が似て、る……？）

思わずまじまじと彼を見つめてしまった。

「──っ」

瞬間、身体に異変が起きた。

キュンッと秘部が疼く。それと共にジュワアッと愛液が溢れ出した。

（え？　なに？　どういうこと⁉　彼を見てたら……濡れ……）

ショーツに愛液が染み込んでいくのが分かる。

（なんで？　なんでなんで⁉　彼を見てるとエッチな気持ちになる。濡れちゃう）

反射的に股間部に手を伸ばし、押さえる。腰を引くような体勢になってしまう。

（あそこだけじゃない。乳首も、たって……♥　身体が疼く……っ）

思わず「はぁっ」と熱い吐息まで漏らしてしまった。

（これ……大丈夫？　体操服とか……染み、できてないよね？　私、授業中なのにクラスメイトの前で濡らして……♥）

もし気付かれてしまったら──考えるだけで恐ろしくなってくる。

興奮してはならないと自分自身に言い聞かせた。

けれど、意識すればするほど、昂りは大きくなっていく。愛液量もどんどん増えてしまう。トロオッと今にもブルマから溢れ出てしまいそうなくらいに……。

「高梨さんっ‼」

「――え？」

その時、名を呼ばれた。

思わず視線をそちらに向ける。

すると、自分に向かって凄い勢いで飛んでくるボールが見えた。

そして、それを最後に伊織の意識は途絶えた。

*

「軽い脳震盪ね」

意識を失った伊織を保健室に連れてきた鈴木に、先生が状況を説明してくれる。

「すぐに回復するでしょう。特に傷もないし大丈夫。えっと、キミは保健委員よね？　先生、今日会議があるから準備しないといけないの。ちょっと任せていいかしら？」

「はい」

先生の言葉に素直に頷く。

「それじゃ、よろしくね」

そう言い残すと先生は出ていった。

保健室には鈴木と伊織だけが残される。

カチャリッと保健室の鍵を閉めつつ、ベッドに横になる伊織へと視線を向けた。

体操着を身に着けた伊織――普段の制服姿よりもなんだか淫靡に見える。白い太股が剥き出しになっているせいだろうか？　それとも、張りのある尻の形をブルマ越しにはっきりと確認できるせいだろうか？　見ているとそれだけで肉棒が硬くなってしまう。

とはいえ、欲望のままに抱くというわけにはいかないだろう。伊織は先程ボールが頭に直撃するという大変な目に遭ったばかりなのだから……。

（取り敢《あ》えず様子を見よう）

なんてことを考える。

「う……うぅうん……」

そんな鈴木の前で、伊織が寝返りを打った。同時に身体をヒクッヒクッと震わせ始める。ムチムチとした太股同士を擦り合わせ、尻をくねくねとくねらせ始める。

（なんだ？　どこか痛むのか？　いや、この反応は違う。そうじゃない……これ……）

視線を伊織の股間部に向けた。

（濡れてる）

ブルマの股間部には染みができていた。失禁というわけではない。間違いなくこれは愛液。伊織は染みができるほどに秘部を濡らしている。

「はぁ……はぁ……はぁあああ……♥」

漏らす吐息も荒い。

「こんなの……」

我慢できるわけがない。

様子を見るつもりだったけれど、伊織自身が発情しているならば……。

ポケットからスマホを取り出し、欲望のままに鈴木は催眠アプリを起動した。

＊

「……おり……伊織っ」

（あ……聞こえる。また、私を呼んでる声が聞こえる……）

「伊織っ！　伊織っ‼」

繰り返し名が呼ばれる。

それと共に――

パンパンパンパンパンパンッ！

「あっは……んはぁあっ！　あっひ……ひんんんっ♥」

膣奥に幾度も幾度もペニスが突き込まれた。子宮口を激しく肉槍がノックしてくる。

「んっひ……はひんんっ！　あっ……それ……くひっ！　奥に……当たるっ♥」

膣にとても馴染んだペニスの感触だ。ズンズンと膣奥を叩かれると、それだけで脳髄まで蕩けそうになってしまう。

「こんなに濡らして……そんなにチンコが欲しかったのか⁉」

「あっあっ！　いいっ！　そ……こぉっ！　きもち……いいのぉっ……♥♥」

なんでいきなりこんなことを自分がしてしまっているのかが分からない。だが、理由は分からずとも気持ちがいい。これが欲しかったと思ってしまう。それを訴えるように、ギュウウウゥッと突き込まれた肉棒をより強く蜜壺で締めつけた。

「こんなに締めつけてくるなんてな……。そんなに欲しかったのか！　これがそんなに欲しくて、皆の前で股を濡らしてたのか⁉　ところ構わずか⁉　もしバレたらどうしてたんだよっ‼」

背後から伊織を激しく突いてくる。ギュッと乳房を握りつぶしそうなほどに強く指を食い込ませてくる。乱暴とも言っていい。

「ふひあっ！　あっひ♥　そ……れっ！　あっは……いっ！　はひっ！　んひぃい♥」

だが、そうした暴力的と言っても過言ではないほどの行為にも、伊織の肉体はどこまでも過敏に反応してしまう。鈴木の突き込みに合わせて、腰を淫らにくねらせてしまう自分がいた。

「クラスの男子は皆伊織を見てた！　体操服を通してお前の裸を見てたんだよ！　皆伊織に触れたいって、エロいことをしたいって思ってる。だけど、だけど残念だったな！　高梨伊織は既に俺とヤリまくってるんだよっ‼」

余程興奮しているのか、鈴木は誰に対してのものなのか分からない言葉を、ピストンを続けながら口にしていた。

「伊織の喘ぎ声も、淫らな胸も、濡れまくってるま○こも、だらしなくヨダレを垂らしている顔も！　全部俺のものだ！　そうだろっ!?　そうだろ伊織っ！」

「そ……うっ！　そうっ！」

彼の言葉に素直に頷く。

「私は……あっあっ……あぁあああ♥　私は鈴木くんの……翔太のもの！　私の全部は……翔太のも、の……ですぅう♥　はっひ、んひいいっ」

心の底からの言葉だ。

「伊織……伊織っ！」

それに歓喜したように鈴木が唇を重ねてくる。

「はっちゅ……んちゅっ……ふちゅうう！」

口内に舌が挿し込まれた。すぐさま自分からその舌に舌を絡める。強く口唇を押しつけ、ジュルジュルと積極的に鈴木の口を啜った。

「伊織……ほら、どうして欲しいのか言ってみろ！」

チュプッと唇を離しつつ、問いかけてくる。

「あああ……ふぁああ！　あっは……んはぁああ……も、もっと……もっと……気持ちよく……なりたい……です♥」

素直に、心の内からわき上がってくる想いを口にした。

「伊織の……あっ♥　あっ♥　あそ……こに……全部……注いで欲しい♥　翔太の全部が欲しい！　満たして……翔太ぁ♥」

亀頭に子宮口を吸い付け、全身で射精を求めた。

「ああ！　望み通り伊織の膣中《なか》に精液を注ぎ込んでやるっ!!」

途端に鈴木によるピストンが激しさを増す。グラインドがより大きなものに変わった。膣口付近から子宮口までを余すことなく肉棒で擦り上げてくる。ペニスの感触を膣に刻みこんでくる。

「あっあっあっ――あぁぁあああぁ～～～～♥」

（頭の……頭の中までかき混ぜられてる！　私の全部をちんぽが突いてきてるみたい！　こんなの……こん、なの凄すぎる！　無理！　我慢なんて……絶対……はひぃ！　絶対……無理ぃいいっ!!）

性感は増幅し続ける。絶頂感もどうしようもないレベルで肥大化してくる。

「イクっ♥　イク♥♥　イッちゃう♥　あっあっ♥」

肉悦に流されるがままに、絶頂に向かって登っていく。

「伊織っ!!」

そんな自分の名を鈴木が改めて叫んだ。

（――え？）

その瞬間だった。

脳裏に夢の光景が思い浮かんできたのは……。

夢と同じ。まったく同じ光景だ。

自分の名を男が呼んでいる。

「伊織っ！　伊織っ！」

この光景を知っている。

(あれ……夢じゃなかった？　私が見てたのは……現実？　今と、同じことを……私は……していた？　え？　あ……どういうこと？　なに？　今、私は……何を……な、にを……してるの？　私……なんなの？)

急に頭がクリアになっていく。

唐突に自分が今、していることが理解できなくなっていく。

「伊織ぃいいいっ！」

だが、そうした伊織の変化に気付くことなく、鈴木はより大きく腰を打ち振るい、膣中《なか》にて亀頭をより膨れ上がらせてきた。

「あっ！　はぁああ……な、どういう？　これ……なん、で……私……こんなこと……これ……せっく……ふひぃい♥　セックス……しちゃってるの!?　なんで……何が……おきて……るのぉお!?」

わけが分からない。

けれど、ドジュッドジュッドジュッと膣奥をペニスで叩かれると、堪らないほどの肉悦を覚えてしまう。

「くうう！　伊織！　出すぞ！　出すぞ伊織！　伊織の膣中《なか》にたっぷり熱いのを注いでやるからなっ！」

「だ……す……んん！　はっあ！　はひぁあああ！」

（出すってなにを？　何を出すの？）

分からない。理解できない。

しかし、出すという言葉を聞くと、それだけで下腹部が、子宮がジンジンと疼くのが分かった。キュウウッと鈴木の言葉に喜ぶように、蜜壺は引き締まってしまう。ピストンに合わせてより淫らに腰を振ってしまう。

（熱い……これ……お腹が熱い……熱くて……疼いてる……。子宮が……何かを欲しがってる……出してって……分かんないけど……出してって……そう、思っちゃう）

戸惑いつつも肉悦に溺れてしまう。

そんな伊織との体位を鈴木が変えてきた。後背位ではなく正常位となる。向かい合うような体勢となってしまう。

視界に鈴木の心地良さそうな表情が飛び込んできた。

彼はゆっくりと顔を寄せてくる。

（なに……何を？　まさか……）

彼が何をしようとしているのか理解した。

キスだ。彼はキスをしようとしている。

（駄目……そんなの駄目っ！）

キスというのは恋人同士が、好き合っている相手同士がする行為だ。自分と鈴木は単なるクラスメイトでしかない。だから口付けなんてしてはならない。

——と、頭の中では思うのだけれど、近付いてくる鈴木の唇から顔を逸らすことができなかった。それどころか口付けを期待するかのように、無意識のうちに唇を突き出すような体勢だって取ってしまう。

「はっちゅ……ふちゅうう」

唇に唇が重ねられた。

（んん……これ……キス……）

伝わってくる口唇の感覚が心地いい。

（あ……気持ち……いい♥）

ただ唇同士を重ねているだけだというのに、脳髄まで蕩けそうなほどの性感としか言えない感覚を抱いてしまう。

するとそうした愉悦を後押しするように、舌まで挿し込んできた。

「んっちゅる……ふちゅるっ……はちゅるるるぅ」

舌粘膜を舌先で擦られる。歯の一本一本をなぞられる。口唇をちゅるるるるっと吸われてしまう。唾液を啜り上げられ、流し込まれる。

（あああ……スゴイ……これ……スゴイ……。駄目なのに……こんなのいけない……こと……なのに……はぁあああ……いい……いいのぉお♥）

喜びを伝えるように、ほとんど無意識のうちに伊織はギュウウッと鈴木の身体を抱き締めてしまっていた。

彼の背中に手を回し、彼の腰に脚を回す。強く強く彼を抱き寄せる。もっと深くキスをして欲しい。もっと奥までペニスを突き込んで欲しいと訴えるみたいに……。

「伊織……くうう！　イクぞ！　出すぞっ‼」

そうした伊織の求めに応えるように――

どっぴゅ！　ぶぴゅっ！　どっぴゅば！　どぴゅううっ！

「あっは……んはぁあああ！」

膣奥に向かってドプドプと鈴木は白濁液を撃ち放ってきた。

「でって……出てる……あっあぁああ！　膣中《なか》に……熱いのが！　私に……染み込んでくる！　はひっ！　んひぃいいっ！」

下腹に熱気が広がる。膣中《なか》が火傷《やけど》してしまうのではないかと思うほどに熱い。だが、その熱さがこれまで感じたこともないような、自慰では絶対得ることができないような性感を肉体に刻みこんでくれる。

「す……ごい！　我慢……無理！　こんな……ふひぃい！　こん、なの……よすぎて！　はふぁああ！　イクっ！　あああ……イクっ！　イクイク――イクぅう♥」

わき上がる絶頂感に抗うことができない。

「あああ……んっは……はふぁああああ！　あっあっあっあっ――はぁあああああ♥」

保健室中に響くような歓喜の悲鳴を響かせる。

瞳を蕩かせ、口唇を半開きにした絶頂顔としか言えないような表情を曝け出し、ただひたすら愉悦に身悶えた。

「あっは……はふぁああ……はぁ……はぁ……はぁああ……♥」

やがて自慰の時とは比べものにならないほどの虚脱感に身体中が包まれる。ぐったりしながら何度も肩で息をした。

「はぁああ……よかったよ……伊織」

そんな伊織に鈴木が愛おしそうに囁きかけてくる。

「……これは……」

「ん？」

不思議そうに鈴木が首を傾げる。

そんな彼に対し——

「これは……夢？」

ポツリッと伊織は呟くのだった。

七章　告白

「……違う。夢じゃない」

鈴木が組み敷いている伊織の表情が変わる。先程までの快楽に溺れるようなものではなく、どこか怯えを含んだようなものに……。

「ひっ」

悲鳴をあげると、抵抗するように藻掻き始めた。

（え……これ、催眠が解けてる!?）

正気を取り戻しているとしか思えない反応だ。

（なんでだ？）

ベッド脇に置いておいたスマホへと視線を移す。

（アプリが落ちてる。携帯に負荷がかかっているのか）

慌ててスマホを手に取る。

（再起動してみるけど……。動いてくれ）

手を震わせながら、必死にスマホを操作した。

「や……やだっ！　ひっ……あっ……や……ぁんっ！　だ……めっ」

そんな鈴木に組み敷かれた状態で、伊織がヒクヒクと肢体を震わせる。ギュッギュッギュッと膣で肉棒をきつく締めつけてくる。

思わずスマホから視線を外し、まじまじと伊織を見た。

(今、俺の目の前で、素面《しらふ》の彼女が――)

喘いでいる。

「あっふ……はぁあ……はぁっはぁっ……はふぅう……」

催眠にかかって、自分の好きなように反応してくれる伊織ではない。どこか怯えるような表情は、催眠状態では決して見られないものだ。

漏らす甘味を含んだ嬌声も、ペニスに感じる膣の締めつけも、本来の彼女のもの……。

そう考えると身体が熱くなる。射精したばかりとは思えないほどに、肉棒がガチガチに硬くなっていくのが分かった。

「……伊織っ！」

自然と腰を動かしてしまう。

「あっ！　はひっ！　んひっ、やっ！　駄目……う、動かないでっ！」

当然伊織は制止してくる。しかし、一度動かし始めてしまった腰を止めることなんかできない。情欲に、愉悦に流されるように、膣奥を突く。

ずっじゅ！　どじゅう！　ずじゅっぽ！　どじゅう！　どっじゅどっじゅどっじゅっ！

「やっ！　あっ！　はんんっ！　駄目っ♥　抜いて……あっあっ……ぬい、て……くだ……んんんっ！　下さいぃいいいっ！」

ズンッと子宮口を肉先で叩くと、伊織は肢体をビクッビクッと激しく震わせた。それと共に膣口をキュウウッと収縮させ、肉槍をきつく締めつけてくる。

抜いてという言葉とは対照的に、伊織は明らかに性感を覚えている様子だった。

「あっ！　あんんっ！　はっふ……あはぁあ！　あっあっ……はひっ！　んひぃ♥」

漏らす嬌声もどんどん甘いものに変わっていく。

(駄目だ。これは駄目だ)

伊織は催眠にかかっていない。そんな彼女を犯すなんて……。

理性ではそう思う。

しかし、そうした早く止めないとという気持ちに反し、アプリを起動すればどうせ直前の記憶は消せるんだ——という打算が、悪魔の囁きのように脳内に響き渡った。だからこのまま続けるんだと本能が訴えてくる。素の彼女とのセックスなんてこんな機会でもなければできないんだぞ——と。

(どうする？　どうすればいい？)

考えがまとまらない。

だから、伊織から離れることができない。

「す……ずき……はっふ……くふんん！　鈴木くん……だめ……お願いだから……こんなこと……やめてくだ……さい……。鈴木くんっ」

どうしても腰を振り続けてしまう鈴木に、伊織が必死に懇願を繰り返してきた。

（口にしてる。素面の伊織がセックス中に俺の名前を……）

正気の伊織が繋がった状態で「鈴木くん」と口にしてくる。耳にするだけでなんだか身体の奥がゾクゾクするのを感じた。

「鈴木くん……鈴木……くん……」

身悶えしながら、潤んだ瞳でこちらを見つめ続けてくる。

今、彼女の瞳に映っているのは自分だけだ。自分を見て、名前を口にしてくれている。

（こんなの……止められるわけないっ！）

滅茶苦茶にしたい。

ただただ、彼女を衝動のままに無茶苦茶に犯したい。

どうしようもないほどにわき上がってくる想いに抗うことなんかできなかった。

ずじゅ！　ずじゅうう！　ずっじゅずっじゅずっじゅ――ずじゅううっ！

「やっ！　あああ！　はぁあああああっ!!」

想いのままにピストン速度を上げ、グラインドを大きなものに変えていく。正気の伊織に肉棒の感触を刻みこもうとするように……。

（なんで……どうして？　なんで……私は……鈴木くんと……セックス……はふぅう……セックスして……るの⁉）

＊

意味が分からない。自分がどうして鈴木と──ただのクラスメイトと繋がっているのか？　それがさっぱり理解できなかった。

起きている事態をまるで飲み込めぬままに──

「はぁぁあ！　やっ！　あっ！　くひっ！　んひぃいいっ♥」

突き込みに合わせて喘いでしまう。ズンッと肉槍で膣奥を叩かれるたびに、身体中が蕩けそうになるほどの愉悦を覚えてしまう。まるで電流でも流されているかのように全身がビクビクと激しく震えた。

「はんん！　あっ……やっは……はふぁあああ♥」

（なに……これ……。知らない！　自分のこんな声……聞いたことないっ‼）

身体に昂りを覚えるようになってから、ネットを使ってエッチな知識を仕入れた。その時、動画も見てしまったのだが、その際に聞いた快感によがる女性の声によく似ている。媚びるような、甘ったるい声だ。

オナニーの時にどうしても漏らしてしまう嬌声よりも、遥かに艶やかなものに聞こえる。女の声、牝の声とでも言うべきだろうか？　こんな声を自分が出してしまっているなんて信じられない。

（やだ……やだぁっ！　恥ずかしいよぉお）

強烈な羞恥を覚えざるを得なかった。

思わず手で口を押さえる。

「ふっく……んくぅう！　ふっふっふっ……んふぅうう」

これ以上イヤらしい声を聞かせたくなんかない。必死だった。しかし、ただ口を掌で押さえるだけではどうしても甘い声が漏れ出そうになってしまう。

「ふっく……くううっ」

仕方なく指を噛んだ。血が滲《にじ》みそうなほどに……。痛みで快感を誤魔化そうとする。

「手に傷がつくぞっ！」

しかし、鈴木は耐えることを許してはくれなかった。腕を掴まれてしまう。口元から手が引き離された。

その上でジッとこちらの身体を見つめてくる。白い肌を桃色に染め、汗に塗れ、自分でも分かってしまうほどに濃厚な女の発情臭を漂わせる肢体を……。

「いや……だ、駄目ぇ……」

剥き出しになった乳房に、肉棒を咥え込んで離さない蜜壺――他者には絶対に見せたくないあまりに恥ずかしすぎる姿だ。

「見ないで……こんな姿……こんなの……私じゃない……」

ポロポロと涙を流しながら必死に許しを請うた。

＊

(彼女は知らない。俺が今まで何度、こういう姿を見てきたのかを……)

その事実に更に興奮が煽り立てられる。

＊

ずっじゅ！　ずどっじゅ！　どじゅっどじゅっどじゅっ！

「ふぁっ！　あぁああっ！　あっ♥　あっ♥　あっ♥」

どれだけ行為の中断を求めても、鈴木が止まってくれることはなかった。彼は肉棒を引き抜いてはくれない。それどころか「やめて」「許して」という言葉に比例するように、更に腰の動きを大きく、速いものに変えつつ、一突きごとに肉棒を肥大化させてきた。

「はふう！　これ……大きくなってる！　わた……しの……膣中《なか》で……あっあっあっ！　硬いのが……お、おちんちんが……大きくなって……熱くなってるのが……わか……るぅぅ！　はっひ……んひんっ」

膣壁越しに肉棒の変化がはっきりと認識できてしまう。蜜壺の形まで、肉棒の肥大化に合わせて変わっていくのが分かった。

「なんで……これ、こんな……どういうこと？　何が……起きてっ！」

「何って……簡単なことだ。もうすぐ……出るってことだよ」

「で……る……？」

一瞬意味が分からなかった。一体何が出るのだろうかと考えてしまう。

しかし、それは本当に刹那のことで、すぐに鈴木の言葉の意味を悟った。

「出すって……駄目……それは駄目！　それだけは駄目！　できちゃぅ！　赤ちゃんが……んん！　はっふ……くふううう！　赤ちゃんができちゃい……ますぅう！　だから駄目！　お願い……お願いだからぁあ！」

必死だった。心の底から懇願を繰り返す。

だが、そんな懇願をしつつも、蜜壺を収縮させ、よりきつくペニスを締めつけたりもしてしまう。心とは裏腹に、まるで肉体では射精を求めてしまっているかのようだった。

「さぁ……射精《だ》すぞ」

身体に応えるように、鈴木はそう口にすると——

どじゅんっ！

「あぁああぁあっ♥」

これまで以上に深いところにまで肉棒を突き立ててきた。

子宮口が亀頭で無理矢理押し開かれるのが分かる。一瞬視界が真っ白に染まるほど強烈な衝撃だった。思考さえも飛びそうになってしまう。

どっびゅ！　ぶびゅっ！　どびゅばっ！　どびゅううっ！

「はっあ！　やっ！　あっあっあっ――んぁあああ！」

その衝撃を後押しするかのように、鈴木が精液を流し込んできた。膣壁越しにはっきり分かるほどに肉槍が脈動している。子宮内に凄まじい熱気が広がる。

「熱い……これ……膣中《なか》……膣中《なか》に……出てるっ！　はふぅ……染み込んで……くる！」

子宮が満たされていく。熱汁が自分の身体に染み込んでくる。その感覚が心地いい。自慰では感じることができないほどの愉悦に変換され――

「い……イクっ♥　あっ……ンッひっ！　あっあっあっあっ――はぁあああ♥♥♥」

伊織は絶頂に至った。

「あああ……はぁあああ……」

身体中が脱力していく。自分のすべてが満たされていくような感覚に、幸福感さえも抱いてしまう。

（駄目なのに……すご……いっ……）

ヒクッヒクッヒクッと肢体を幾度も震わせながら「はぁああ……あはぁああ」と何度も肩で息をした。

（出された……本当に膣中に出されちゃった……）

やがて絶頂感が引いていき、冷静な思考が戻ってきた。妊娠してしまうのだろうか？

そんな恐怖を覚える。ただ、それと同時に（でも……これで……やっと……終わり……）と安堵もする。

だが――

「まだだぞ伊織っ！」

ずっじゅ！　じゅぶじゅぶうううっ！

「んっひ！　ひあっ！　あひんんっ♥」

鈴木による行為は終わらない。彼はすぐさま腰を振り始める。

射精を終えたばかりだというのに、未だに肉棒はガチガチに勃起していた。

「なん……で？　まだっ!?」

男というのは一度射精したら終わりではないのだろうか？

「これくらいで終わったりなんかしない。伊織だってそうだろ？　伊織だってこの程度で満足するはずないだろ？」

そんなことを口にしながら、一度目の射精前よりも大きく腰を振りたくってくる。精液で満たされた蜜壺を激しくかき混ぜてきた。

「ふぁあああ♥　あっは……やっ！　ひっ！　あっひ……んひぃいいっ♥」

そんな突き込みに肉体はどこまでも敏感に反応してしまう。

ゴリッゴリッと抉るように膣奥を責め立てられると、肉体は当然のように快感を覚え、全身が愉悦に戦慄いた。

（これ……深いっ！　おちんちん……凄く……深いっ！）

子宮が歪んでしまいそうなほど奥にまでペニスが侵入してきている。

（オナニーじゃ……全然届かないところまで、強く抉ってきてる。こんなの……頭が……はひぃぃ！　頭がおかしくなりそう！）

犯されているのは膣だ。しかし、頭の中までペニスで突かれているような気さえする。

（どうしてなの？　なんで……こんな……初めて……セックスなんて……私、はじ、めてなのに……。鈴木くんのおちんちんが妙に身体に馴染んでる気がする）

まるで何度もこうして繋がってきたみたいな感覚だった。これが挿入《はい》っていることこそが自然――などということさえ思ってしまう。

（こんなのイヤ……イヤなのに、私のあそこは喜んでるみたい。身体が気持ちよさでいっぱいになってる……気がする……）

自分の身体が自分のものではなくなっているみたいだった。

「はんん！　あっは……はぁあああ！」

ほとんど無意識のうちに自分からも腰を振ってしまう。いや、それだけじゃない。両脚を鈴木の腰に絡め、もっと奥まで突き込んで欲しいと訴えるように、彼を引き寄せたりもしてしまう。

(自分を保てなくなりそう……)

肉悦の中に自分自身が溶けていくような感覚が、気持ちいいけれど堪らなく恐ろしい。

(イキたくない……イキたくないっ!)

イってしまったら自分が自分でなくなってしまうかも知れないから。

「鈴木くん。やめて……。おね……あんん! あっあっ……はふぅぅう……お願いだから、もう……許してっ! なんで……なんで……こんなことするの?」

これは恋人同士がすることだ。

自分と鈴木はただのクラスメイトでしかない。友達同士ですらないのだ。それなのになんでこんなことをするのかが分からない。

「どうしてっ!?」

身悶えしながら、眦からは涙を流しながら、甘い嬌声を響かせ、ジッと真っ直ぐ鈴木を見つめた。

＊

「どうしてっ!?」

問いかけてくる。こんなことをする理由を、正気の伊織が……。

(なんで? なんでだって? そんなの決まってる)

考えるまでもないことだ。

（俺は……俺は伊織のことが……）
「好き……なんだ」
膨れ上がる想いのままに、気がつけばそう口にしていた。
（え？　あ……）
口にする気はなかった。心の中だけに留めておくつもりだった。
（俺は、今……何を……）
けれど口に出してしまった。我慢できずに……。
だが、こんな形での告白なんてあり得ない。正気ではない。
慌ててスマホを握り締める。
（アプリの再起動は終わってる。早く伊織に――）
もう一度催眠をかける。それで全部終わりだ。
アプリのアイコンをタッチしようとする。
しかし、それよりも早く――
「鈴木くん」
伊織がこちらの名を呼んできた。
ハッとして、思わず彼女をマジマジ見つめる。
そんな鈴木に対し、伊織は――

「ごめんなさい……」

ただ一言、謝罪の言葉を口にしてきた。

ごめんなさい——その言葉が頭の中に響き渡る。謝罪の言葉、そして、拒絶の言葉……。

(分かってた)

そうだ。分かっていた。振られることなんて分かっていたことだ。

伊織は文武両道、才色兼備、学校で一番可愛く、綺麗な女の子。誰もが憧れる高嶺の花。それに対し自分はただの一生徒。友達だってほとんどいない陰キャ。漫画や小説で言えばただのモブキャラでしかないだろう。主役になることなんてあり得ない。伊織の隣に並んで立つなんてあり得ない。恋人同士になるなんて夢でしかない。

分かっていた。分かっていた。分かっていた……。

分かっていた分かっていた分かっていた分かっていた分かっていた分かっていた分かっていた分かっていた分かっていた——

(分かっていたんだっ!!)

なのに、それなのに、胸が引き裂かれそうなほどに痛い。自然と涙が零れ落ちそうになってしまう。

「……鈴木くん」

そんな自分を伊織が見つめてきた。

申し訳なさそうな、どこかこちらを哀れむような表情を浮かべて……。

「……う、くううっ！」

そんな姿に強く奥歯を噛み締めると共に、一度肉棒をジュブッと引き抜くと、スマホを伊織の前に突き出した。同時にタップする。催眠アプリのアイコンを……。

「あ……んっ……」

それを見た瞬間、伊織の瞳に浮かんでいた哀れみの色が消えた。トロンと蕩けた、感情を感じさせない虚ろなものに変わる。

途端に伊織は——

「あ……は……はぁああ……はぁっはぁっはぁっ……はふぁあああ……」

荒い息を吐き始めた。

同時に太股同士を擦り合わせ、腰を左右に振り始める。

その上で縋《すが》るような視線をこちらへと向けてきた。

「あの……おちんぽ……挿《い》入れないのですか？」

欲しい。ペニスが欲しい——そんな欲望が剥き出しになった表情を向けてくる。

「挿《い》入れて欲しいか？　だったら……自分で勃《た》たせてみろ」

短く命じた。

「はい」

コクンッとそれに素直に頷くと、伊織は自分から鈴木をベッドに押し倒してきた。更には唇を寄せ、自分からキスをしてくる。

「はっちゅ……んちゅっ……はっふ……んちゅっろ……ふちゅれろぉ」

舌を口腔に差し込んで、自分から積極的に、鈴木の口内をかき混ぜてきた。同時に手を伸ばし、肉棒をスリスリと擦り上げる。亀頭を撫で回し、肉茎を扱き、陰嚢を転がすように指で刺激を加えてきた。

もちろんそれだけでは終わらない。重ねていた唇を離したかと思うと「んっちゅ……ふちゅうっ」と今度は肉棒に口付けしてきた。チュッチュッチュッとキスを繰り返した後、舌を伸ばしてくる。

「んれっろ……ちゅれろぉ……れろっれろっれろぉお……」

ペニスは愛液や精液でグチョグチョになっているけれど、まったく気にしない。積極的に舌を絡めてくる。カリ首をなぞり、尿道口を何度も舐め上げてくる。

「早く……早くっ♥　んっふ……ちゅっ……はちゅう」

肉先を舐めつつ、乳房で肉胴を挟み、上下に扱いたりもしてきた。

(さっき振った男にキスをして、ちんこを舐める。自分から積極的に……)

この状況に歓喜するように、肉棒はどんどん硬く、熱く、大きくビキビキと肥大化していった。

「あ……♥　大きくなった♥」

心の底から歓喜するような表情を伊織は浮かべた。

「はぁあぁ……我慢できない」

喜びのままに、すぐさま伊織は鈴木の上に跨がってくる。自分からガチガチに勃起した肉槍に、既にグッチョリと濡れ、開きっぱなしとなった花弁を密着させてきた。それも、ただ押し当ててるだけではない。

「んっふ……はふぅう……ふうっ♥　ふうっ♥　ふうっ♥」

腰をくねらせている。花弁でグッチュグッチュとペニスを繰り返し擦ってきた。

「くっ！　いいぞ……伊織」

これだけでも達しそうなほどの昂りを感じる。しかし、まだ出さない。射精するのはもっと後の話だ。

「さぁ、これからなにをすべきか……分かるな？」

「はい♥」

ニッコリと伊織は笑うと――

「挿《い》入れます……っ♥」

一言と共に、腰を下ろしてきた。

じゅっぽ！　ぬぼぉおおっ！

「くぅうんんっ♥」

一気に根元まで、肉槍を咥え込んでくる。

「あっ！　ひっ！　あ～～～あっ♥　あっは……はぁあああぁ♥」

ただそれだけで、伊織の身体は激しくビクついた。同時に伊織は瞳を見開き、開いた口から舌を伸ばす。それは絶頂顔としか言いようがないほどに、普段の彼女からは想像もできないほどに淫靡で、だらしがないものだった。

「あぁああ……いい……ちんぽ……きもち……いいっ♥　はっふ……んふぁああ……」

ビュッビュッと愛液まで噴出させ、鈴木の下腹を濡らしてくる。

「これ……挿入《い》れただけでイッたのか。どエロいな。けど、俺はまだイッてない。だから、ほら、動くんだよっ！」

言葉と共にグリッと膣奥を抉った。

「はっひ！　ひんんんっ♥」

それだけでもう一度、軽くだけれど伊織は達する。

だが、そのまま絶頂感に溺れたりはしない。

「翔太も……はぁああ……翔太も気持ちよく……私の……んんん！　ま○こ！　おま○こでちんぽ……感じ……てぇえ♥」

そんな言葉と共に、腰を振り始めた。

ギッシ！　ギシィ！　ギシッギシッギシッギシッギシッ‼

「あっは……んはぁあ……♥　はっはっはっはっ……はふぁあああ♥」

ベッドを激しく軋ませてくる。まるで杭を穿《うが》つような勢いで、何度も腰を叩き付けてくる。肉棒を膣奥まで飲み込むたびに、ギュッギュッギュッときつく締めつけたりもしてきた。

「くっ……いい……いいぞっ！」

激しい締めつけ。精液が絞り取られそうになるほどに心地いい。快感に鈴木も身体やペニスをビクビク震わせる。

「翔太……しょう……たぁああ……ふっちゅ……んちゅううっ」

こちらのそうした反応を喜ぶように、伊織は自分からキスをしてきた。ピストンを続けながら、舌に舌を絡めてくる。性器同士だけじゃない。まるで全身が一つに繋がり、蕩け合っているかのような感覚だった。

その快感に肉棒が今にも破裂しそうなほどに大きく膨れ上がっていく。

「んっちゅろ……はちゅろぉ……んっじゅ……ふじゅううっ！　これ……こりぇ……はふぅう！　大きく……なってりゅ……ちんぽ……大きく……熱く……。あっは……はぁああ……いい……気持ちいいのが……どんどん……大きくなって……く……。こんな……こんなの……動いて欲しくなる」

口端からは唾液さえ零しながら、熱い視線でこちらの瞳を見つめてきた。

「お願いします……。貴方も動いて……。深く……強く、突いて欲しい……っ♥」

「い……伊織っ！」

こんな風に求められて我慢できる男なんていない。いるわけがない。

身を起こすと、今度は自分が上になる。伊織をベッドに押し倒し、正常位状態でズンズンと膣奥を突き始めた。

「ッッッッ♥　あっあぁあああぁ♥　い、いいっ！　気持ちいい♥　奥……ちんぽ！　きもち……いいですぅっ♥　ああ……はぁああ……これ、いいっ！　凄く……いいっ！　好きっ！　ちんぽ……好きぃいいい♥」

すぐさま伊織は歓喜し始める。引き千切りそうなほどに肉棒をきつく締めつけながら、壊れたみたいに肉悦に塗れた悲鳴を保健室中に響き渡らせた。

（伊織は優等生だけど本当はこんなに淫乱で、俺のチンコが大好きで……）

際限なく亀頭が膨れ上がっていく。

「もっと……もっとぉおお♥」

子宮を亀頭に吸い付かせてくる。言葉だけではなく身体でも求めてくる。

（必死にねだって……。こんな伊織は俺しか知らなくて……）

誰も知らない伊織。伊織自身も知らない伊織。それを知っているのは自分だけ。そう、自分だけなのだ。だから伊織は自分のもの。他の誰のものでもない。自分だけの伊織なのだ。それは伊織だって分かっているはずだ。

（もう、伊織は俺から離れられなくなってるんだ。俺と一緒にいる。俺とこうしてセックスする——それが伊織の幸せなんだ！）

伊織には自分だけ……。

それを伝えるように腰を振る。ブルンブルンッと突き込みに合わせて乳房が揺れ動くほどの勢いで、繰り返し膣奥を叩いた。

揺れに合わせて汗が飛び散る様がイヤらしい。そんな有様に引っ張られるように、勃起した乳頭を口唇で挟み込んだ。頬を窄めて吸引を開始する。膣奥を肉先で抉りつつ、ジュルジュルと乳房を吸い続けた。

「はぁああ……いい！　おっぱいも……いいっ！　もう……こんなの我慢できない！　イクっ！　あっ！　またっ！！　イクイクっ♥♥　おま○こイクっ♥　だから……だからぁああ！　お願い……射精して！　ドクドク……沢山……子宮で熱いの……ゴクゴクさせて下さいぃいいい♥」

「ああ、分かってるさ。たっぷり飲ませてやるよ！」

射精する。想いのままに伊織のすべてを自分色に塗り替えてやる。

「くおおお！」

獣のような声をあげると共に、伊織の身体を刺し貫かんばかりの勢いで激しく突いた。

「はぁああ！　深い！　こっれ、潰れる。子宮……つぶれ……ちゃいそう……でも、それが……それがいいっ！　それが……すっごく……よくて……あああ……もう！　無理！　耐えられない！　来てっ！　来てぇええ！」

「ああ、イクぞ！　受け取れ！　伊織ぃいいっ‼」

どっびゅばっ！　ぶびゅっ！　どっびゅどっびゅどっびゅどっびゅ！　どびゅるるるるるるるるっ！

想いに応えるように、熱汁を吐き出す。子宮にドプドプ直接流し込む。

「やっ！　やぁあああ♥　出てる！　沢山出てるうう！♥」

グニャリッという音がしそうなほどに、伊織の表情が崩れた。

「好きっ♥　はぁああ……これ好きっ♥　精液好きっ♥　翔太……大好きっ！　すっき！　好き好き！　好きだから……イクっ！　イクのっ！　はぁああ……イクイクっ……イッくぅううっ♥♥♥」

そのまま絶頂に至る。

よりきつくペニスを締めつけ、子宮口で亀頭を咥え、締めつけながら、伊織はひたすら愉悦に肢体を震わせるのだった。

「あああ……はぁああ……スゴイ……お腹……いっぱいに……なって……るぅうう」

「ふううう……どうだ？　よかったか？」

「は……ひ……凄く……よかったぁあ……」

コクンッとどこまでも素直に頷いてくれた。

「でも……だけど……」

けれど、喜びだけを伝えてくるのではない。

伊織はおねだりする子供みたいな視線を向けてきたかと思うと──

「まだ……足りない。もっともっと……子宮に精液……欲しい。沢山欲しいの……だから……だからぁああ……終わらないで……♥」

まだ足りない。もっともっと感じたい──欲望を隠すことなく訴えてくる。

「ああ、分かってるさ」

こんな姿を見せられて我慢できる男なんかいるわけがない。

射精を終えたばかりの肉棒が、再び熱く、硬く、滾っていくのを感じた。


ばちゅんっばちゅんっばちゅんっ！

「はっあ！　あはっ！　んぁああ！　あっ♥　あっ♥　はぁあああ♥」

四つん這いになった伊織を突く。尻肉が波打つほどの勢いで、何度も腰でヒップを叩いた。そのまま流し込む。またしても精液を……。

「ふひっ！　んっひ！　はひっ！　あひぃいい！　イッくっ！　イクっ！　イクイク――いっくのぉおおお♥」

射精すればそれだけで伊織は達する。壊れた玩具みたいに肢体を震わせながら……。

そうした行為は更に続く。

伊織の上半身を保健室の窓に押しつけた状態で、背後から犯したりもした。

「見られちゃう……こんな……こんなの誰かに気付かれちゃうぅぅ」

窓に押しつけた乳房が潰れる。そんな有様が淫らだ。

「見せてやればいいさ」

「でも……恥ずかしい……」

「だけど、その恥ずかしさがいいんだろ？」

背後から囁きかける。同時にハムッと耳朶《みみたぶ》を甘噛みした。

「んんんん！　はっあ！　はひぁああ！」

更に伊織の身体が跳ねる。

「そ……そう！　いいっ！　いいです……♥　恥ずかしいのも……凄く……いいっ♥　恥ずかしいって思えば思うほど……どんどん……私、どんどん気持ちよくなっていく……。

また……簡単に……イキそうに……なるっ！」

「イケばいい。ほら、いけっ！」

絶頂感を煽り立てるように、腰を打ち付けるだけではなく、掌で尻を叩いたりもした。

「あっ！　ふひいい！　それ……イクっ！　イクっ！　イクイク――イッくぅう♥」

尻を叩かれる痛みさえも今の伊織は快感として受け入れる。

「あああ……ふぁあああ！」

歓喜の悲鳴をあげながら絶頂に至った。

「うっく！　くぅううっ！」

その絶頂感に流されるように、鈴木も精液を解き放つ。

「はぁああ！　出てる！　また！　はひぃいい！　やっぱり！　やっぱりいい！　膣中出《なか》し……ドクドク……いいっ♥　よくて……よすぎて……イクっ！　またイクっ！　イキながら……イクっ！　イクイク――いっくのぉおお♥」

達する。達する。ひたすら伊織は達する。

そんな濃厚すぎるセックスを本能のままに何度も繰り返した。

「イクイク！　イクぅううっ♥」

子宮に白濁液を解き放つ。

「あっは……かけられる……かけられるのもいいっ！　いひぃいいっ♥」

ドクドクと伊織の下腹部に精液をぶっかけると、その熱気だけでも彼女は達した。

それだけじゃない。

「お尻！　はぁああ！　お尻にもぉおお！」

肛門にも熱汁を流し込む。

「お尻もいい！　いっひぃいい！　よくて……よしゅぎて……とまらない！　はひいい！

気持ちいいのが……とまりゃ……なひぃい！」

当然のように肛門でも感じてくれる。

「ああ……イクイクッ！　イッくぅううっ♥」

終わることのない絶頂に、ただひたすら伊織は悶え続けた。


「あ……あ……はぁあああ……」

何度彼女を絶頂させたか分からない。何度射精したか分からない。

流石の鈴木ももう限界だった。

ベッドの上でぐったりした伊織の姿を見つめながら「ふぅ」と満足の吐息を漏らす。

「よかったか？」

その上で伊織に尋ねると——

「よかった……よかったです……。凄くよかった……私……しあ……わせぇ」

と本当に幸せそうに伊織は口にし、笑ってくれた。

そんな彼女の姿に自然と鈴木も満足の笑みを浮かべる。

だが、その刹那――

「あ……あれ？」

伊織はポロポロと涙を流し始めた。

口には笑みを浮かべたまま、けれど、眦からは涙を……。

終章　できることは、見つめることだけ

（泣いてる。伊織が……）

浮かべているのは笑顔なのに、涙は止め処ない。

（なんで？　どうしてだ？）

催眠下にある伊織は自分の恋人だ。自分のことを心から愛してくれている。だから泣くなんて本来ならあり得ない。それなのに伊織は泣いている。

無理矢理アプリを使って催眠状態にしたからだろうか？　深層心理が表に出てきているとでもいうのだろうか？

だとしたらそれはつまり、泣いてしまうほどに自分に抱かれるのを嫌がっているということに……。

記憶が蘇ってくる。告白に対して伊織が「ごめんなさい」と口にしてきた記憶が……。

拒否された。拒絶された。伊織は自分の恋人にはなってくれない。

自分が伊織とキスできるのは、自分が伊織とセックスできるのは、自分が伊織に好きだと言ってもらえるのは、催眠アプリがあるお陰だ。アプリがなければただの同級生という関係でしかない。

希望は――ない。

だからこのままで。ずっとずっとこのままでいたい――そう思う。

しかし、けれど、だけど……。

（伊織は涙を流してる）

それがどうした？　自分に関係ないだろ――と、想う心も確かにある。こうやって涙を流してはいるけれど、催眠下の記憶は残らない。だから気にする必要などないのだとも考える。

ただ、それでも、胸が痛んだ。自分のせいで伊織が泣いているという事実に、愕然《がくぜん》としたものを覚えてしまう自分がいる。申し訳なさを抱いてしまう。

そんな風に思ってしまうのも当たり前だ。

（だって……だって……伊織のことが俺、本当に好きだから……）

心の底から伊織のことを想っている。

大好きな人に辛い顔なんてさせたくない。大好きな人が苦しみ、悲しんでいる姿なんて絶対に見たくなどないのだ。

ならばどうする？　伊織を泣かさないためにはどうすればいい？

「伊織……その……俺、伊織のことが好きだ。大好きだ。愛してる」

思考しながら自分の想いを改めて告げた。

「……私も、好きですよ」

伊織もすぐさま答えてくれる。しかし、相変わらず涙は流したままだ。

そんな彼女に対ししばらく迷った後、鈴木は催眠アプリを改めて起動すると、スマホ画面を突き付けた。

「素直に答えて欲しい。本当の気持ちを……。伊織は俺のことをどう思ってる？」

本心が知りたい。

重ねての問いかけに対し、伊織は涙を流し続けたままどこか虚ろな表情を浮かべ――

「……ただのクラスメイト」

そう口にしてきた。

「ただのクラスメイト……。つまり、俺のことは好きじゃない？」

「……好きじゃありません」

静かな言葉。しかし、胸に刃のように突き刺さる言葉だった。

「俺のことを好きになる可能性はない？　恋人になることはないの？」

僅かでも可能性は残されていないのだろうか？　希望を込めて尋ねる。

「……ないです」

だが、思いは簡単に打ち砕かれてしまった。

しかも、伊織の言葉はそれだけでは終わらなかった。

「あり得ません。だからもう、こんなことやめてください。イヤです。イヤなんです。だから……やめて……」

徹底的な拒絶だった。

それほどまでに伊織は自分のことを……。

頭の中が真っ白になる。自分がこれまでしてきた罪を突き付けられたかのようだった。

「そっか……そっかぁあぁ……」

噛み締めるように呟く。

その上で、手にしたままのスマホへと視線を移した。

スマホには催眠アプリの画面が表示されている。それをジッと見つめつつ、やがて大きく息を吸うと、もう一度スマホを伊織へと向けた。

「これまでごめん。これで全部終わり……。これまでのこと……全部、全部……忘れて……伊織」

画面をタップする。

キイイイインッという音が聞こえた。

それと共に伊織は一度ビクッと身体を震わせると、ベッドの上に倒れた。そのまま動かなくなる。眠りについたらしい。

綺麗な顔で、寝息を立てる伊織を見る。

解除

本当に綺麗で、愛おしい。抱き締めてキスをしたくなるくらいに……。いや、キスだけじゃきっと足りない。一つに繋がり合いたいとも思ってしまう。

しかし、それはもうできない。伊織の本当の心を知ってしまった。もう、これ以上彼女を傷つけたくない。好きだから……。

「さようなら……伊織」

一言別れの言葉を告げる。

それと共に催眠アプリの画面を自分へと向けた。

「全部忘れる。全部……元通りに……」

これでお別れ、二度と自分と伊織が交わることはない。

ポロポロと眦から涙が零れた。先程の伊織と同じように涙を流してしまう。

「……はは、なさけな」

そんな自分を笑いながら、鈴木はスマホ画面をタップした。

＊

(——高梨さん、やっぱり凄く綺麗だ)

休み時間、鈴木翔太は自分の席に座り、窓の外を眺めているクラスメイトの女子——高梨伊織の姿を見つめていた。

腰まで届く艶やかな黒髪に、切れ長の目が印象的なクラスメイト。顔立ちはテレビで見るどんなアイドルや女優よりも整っていると思う。それにスタイルも抜群だ。制服の上からでもハッキリと分かるほど胸は大きく、腰はキュッと引き締まっている。スカートから覗き見えるムチッとした太股もとても健康的だ。

それでいて、勉強だってとてもできる。この間のテストは体調不良だったらしくて、普段と比べると落ちていたものの、基本的には学年一位。それが彼女の定位置だ。

容姿端麗、成績優秀——いわゆる高嶺の花的存在。それは高梨伊織である。

当然男子達からの人気も高い。クラスメイト達、いや、学年中の男子達が彼女のことを狙っている。

(俺だってそうだ)

入学式の日、初めて伊織を見たあの時から、ずっと伊織のことを見てきた。

(一目惚れなんて漫画やドラマの中だけの話だと思ってきたけど……)

そんなことはなかった。

(高梨さんを恋人にできたら……)

どんなに幸せだろう？

伊織の横顔を見つめながら、彼女と並んで街を歩く自分の姿を想像する。彼女と手を繋ぎ、他愛ない話をしながら笑い合うことを考える。いや、それだけじゃない。彼女とキスをして、更には身体を重ねるなんてことだって……。

妄想してしまう。伊織と繋がり合う自分の姿を……。

「――ッッ‼」

生々しく、妙にリアルなセックスを想像してしまった。

(俺……何を考えてるんだ)

昼間、しかも教室で考えるようなことではない。

(くそっ)

妄想を振り払うように一度首を横に振った上で、改めて伊織を見た。

(――え？)

そこで気付いた。

伊織が自分を見ていることに……。

しかもその表情は、先程妄想した時のように、頬を赤く染め、瞳を潤ませるというものだった。普段のどこかお堅い彼女とは思えないほどに女を感じさせる顔……。

(って、駄目だっ！)

変なことを考えてはいけない。それはきっと勘違いだから……。

慌てて彼女から視線を外す。誤魔化すようにスマホを取り出すと、モニターに視線を落とした。

(ん？　これ、なんだ？)

そこで気付いた。スマホに見覚えがないアプリが入っていることに……。
アプリの名前は――

「催眠……アプリ？」

＊

（なんだか最近おかしい）

伊織は自分の身体に違和感を覚えるようになっていた。

なんというか、身体の中に、特に下腹部にぽっかりと穴が空いているような感覚を覚えてしまうのだ。この穴を埋めて欲しい――などということを考えてしまう。

何故ならば、凄くもどかしいから。それに、とても身体が疼いてしまうから……。

そのせいで、最近家では自慰をするようになってしまっていた。前はオナニーなんて知識すら持っていなかったのに……。

最近では、秘部を指で激しく弄り回してしまう。それに、いつ買ったかも分からない性玩具まで使ったりしてしまう。

まるで自分が自分ではなくなってしまったかのような感覚だった。

どうすればこの感覚を抑えることができるのか？　それが分からない。分からないからこそ、怖い。

などということを考えながら、教室の端に立ち、ボーッと窓の外を見つめた。綺麗な青空を見ていたら心を落ち着けることができるかも知れないと思ったからだ。

しかし、そんなことはなかった。

落ち着くどころか寧ろ、変なことを考えちゃいけないと思えば思うほど、更に肢体を疼かせてしまう自分がいた。

(駄目っ！)

窓の外から視線を外す。

(え……？)

そこでふと、自分に向けられている視線に気付いた。

そちらへと視線を向ける。

(……鈴木……くん？)

自分を見ていたのはクラスメイトの鈴木翔太だった。彼がジッとこちらを見ている。

(え？　あ……これ……なに？)

気付いた瞬間、身体に異変が起きた。

ドクンッと心臓が脈打つ。それと共に、キュウウッと下腹が締まっていくような感覚が走った。子宮が疼くような気がする。ジュワリッと熱いものが秘部から溢れ出していく。

(なんなの……これ……何？)

わけが分からない。

ここ最近感じる昂りがより大きくなっているような気がする。

（だ……駄目っ）

いけない。この感覚は危ない――そんな気がした。

だから鈴木から視線を外す。

けれど、まだ彼がこちらを見ているような気がした。

そう考えるとなんだかどんどん身体が熱くなっていく。

（やだっ）

ここにはいられない。そう思った。

だから一人教室を飛び出すと、廊下を走った。逃げるように走り続けた。

やがて辿り着いた場所は――

（資料室）

学校の資料室だった。

なんで自分がこんなところに来たのかが分からない。

ただ、そうした疑問を抱きつつも中に入る。ここは基本誰もいない部屋だ。落ち着くには丁度いいと思ったから……。

しかし、ほとんど誰も来ないはずの部屋の引き戸が開く。

「……鈴木くん」

自分に続くように入ってきたのは鈴木だった。

「どうして？」

呆然と呟く。

そんな伊織に――

「あのさ、ちょっと見て欲しいものがあるんだ」

鈴木はそう言うと、スマホを突き出すように見せつけてきた。

そこで、伊織の意識はプツッと途絶えた……。

祝!!
催眠カノジョ
ノベライズ
大好きな
催眠カノジョ
がノベル化という
事で、いちファンの
私としても
とてもうれし
楽しみです
伊織ちゃん
小説ではどんな
ことを
されてしま
のでし
か！
アッ
ホ
モカたんLOVE♡
by. kohomi (きのこのみ)

催眠カノジョ
ComeThroughのあづみ一樹です。
改めてラノベ化おめでとうございます～♥
今回描かせて貰った私服伊織ちゃんも
どんなシチュで出てくるか楽しみです!
ラノベも勿論今後の催眠カノジョシリーズが
どういう展開していくか楽しみにしてます!

モカたんへ。
催眠カノジ
ラノベ化おめでとうよ
催眠バージョンで私服伊織ちゃ
描かせて頂きました
毎回どうなるのか楽しみに読んでるよ
ラノベ版の伊織ちゃんも楽しみで
遥ちゃん・加恋ちゃんも好きなの
その二人もぜひラノベ化待ってます

上田ながの執筆 おすすめ作品

二次元ドリーム文庫

奴隷の私と王女様 ～異世界で芽吹く百合の花～

異世界に迷い込んでしまった普通の女子校生・水城愛。不審人物として城に連行されると、その取り調べの相手はなんと国の王女様！　そこで愛は王族への不敬罪に問われ、王女・レインの専属奴隷になることに。冷たい態度をとるレインにもめげずに奴隷として仕える愛だったが、ある日レインから夜伽を命じられたことで二人の関係は急転していき…？

小説●上田ながの　挿絵●ここあ

本作品のご意見、ご感想をお待ちしております

本作品のご意見、ご感想、読んでみたいお話、シチュエーションなど
どしどしお書きください！　読者の皆様の声を参考にさせていただきたいと思います。
手紙・ハガキの場合は裏面に作品タイトルを明記の上、お寄せください。

◎アンケートフォーム◎　**http://ktcom.jp/goiken/**

◎手紙・ハガキの宛先◎
〒104-0041 東京都中央区新富 1-3-7 ヨドコウビル
(株)キルタイムコミュニケーション　二次元ドリーム文庫感想係

催眠カノジョ
高梨伊織催眠記録

2021 年 1 月 1 日　初版発行

【著者】
上田ながの

【原作】
一葉モカ
(ショコラテ)

【発行人】
岡田英健

【編集】
山崎竜太

【装丁】
マイクロハウス

【印刷所】
株式会社廣済堂

【発行】
株式会社キルタイムコミュニケーション
〒104-0041　東京都中央区新富1-3-7ヨドコウビル
編集部　TEL03-3551-6147 ／ FAX03-3551-6146
販売部　TEL03-3555-3431 ／ FAX03-3551-1208

禁無断転載 ISBN978-4-7992-1438-1　C0193